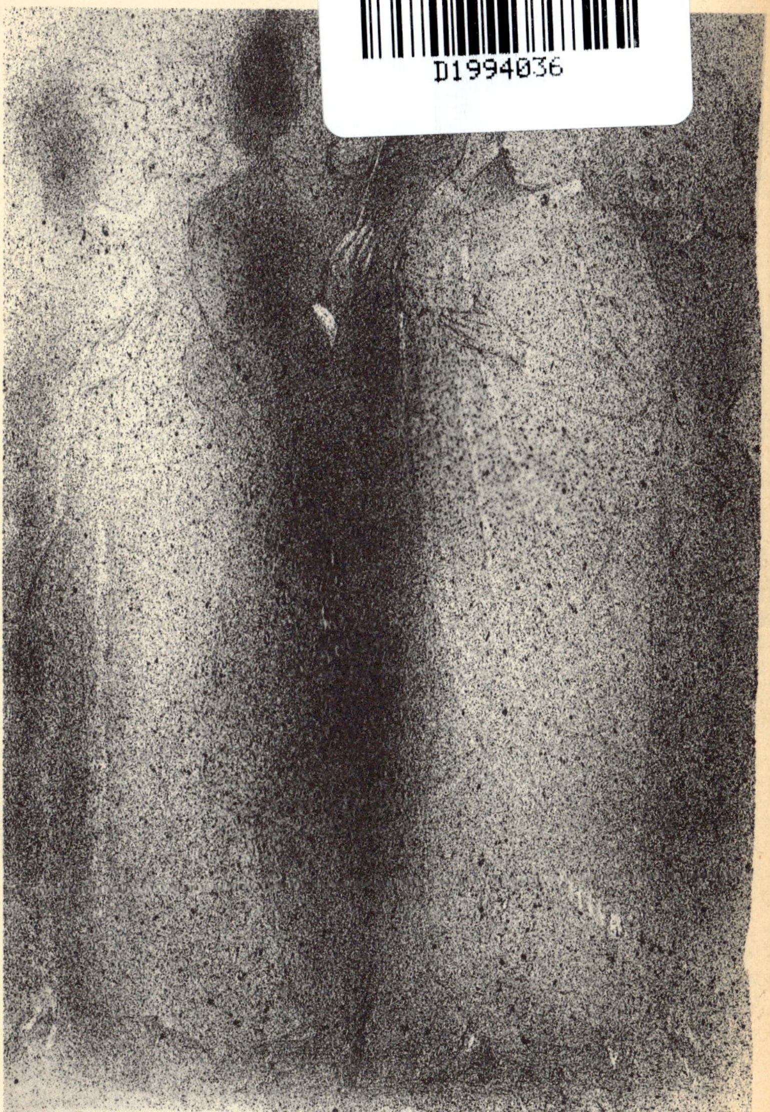

Seite 1: »Musikant«
(Lithografie von Anatoli Kaplan aus dem Zyklus »Stempenju«)

RECLAM-BIBLIOTHEK

Scholem Rabinowitsch (1859–1916) wurde unter dem Pseudonym Scholem Alejchem (Friede sei mit Euch!) zum Klassiker der jiddischen Literatur. Sein früher Roman »Stempenju« (1888) erzählt die Geschichte der romantischen Liebe zwischen dem Wandermusikanten und Weiberhelden Stempenju und der schönen blauäugigen Rochel – einer großen und vergeblichen Liebe. Rochel bewundert Stempenju wegen seiner Kunst, deren zauberische Anziehungskräfte sie schaudernd verspürt; fürchtet ihn wegen seiner unverschämten Kühnheit; verachtet ihn wegen seiner Außenseiterrolle; haßt ihn wegen seiner inneren Freiheit, der sie nicht gewachsen ist. Sie flieht in das kleine Glück und die großen Frustrationen ihrer Ehe zurück …

Anatoli Kaplan (1902–1980) schuf in den Jahren 1963 bis 1967 mehr als hundert Lithografien zum »Stempenju«. Der Zyklus handelt, wie der Roman auch, von jüdischem Musikantentum und von der Liebe. In immer neuen Variationen werden Grundsituationen menschlichen Miteinanders und zugleich Metaphern für Hoch-Zeiten jüdischen Lebens ins Bild gefaßt.

SCHOLEM ALEJCHEM

Stempenju

Ein jüdischer Roman

Mit 12 Lithografien von Anatoli Kaplan

Aus dem Jiddischen übersetzt
und herausgegeben von Hubert Witt

RECLAM VERLAG LEIPZIG

ISBN 3-379-01482-6

Für die freundliche Genehmigung zum Abdruck
der Lithografien von Anatoli Kaplan danken wir
dem Verlag der Kunst Dresden.

Reclam-Bibliothek Band 1482
1. Auflage, 1993
Reihengestaltung: Hans Peter Willberg
Umschlaggestaltung: Matthias Gubig unter Verwendung
einer Lithografie von Anatoli Kaplan
Printed in Germany
Gesamtherstellung: Offizin Andersen Nexö Leipzig GmbH
Gesetzt aus Meridien

WIDMUNG
FÜR MEINEN GELIEBTEN GROSSVATER REB MENDELE MOJCHER SFORIM

»Stempenju«, mein erster jüdischer Roman, der Euch zu Ehren geschrieben wurde, ist ganz Euer. Er ist nicht nur deshalb Euer, weil ich ihn Euch zu Ehren verfaßt habe, sondern auch deshalb, weil Ihr mir die Lust eingabt, solch einen Roman zu schreiben.

In einem Eurer Briefe sagt Ihr mir:

»Ich würde Euch raten, keinen Roman zu schreiben; denn Eure Neigung, Euer Genre ist etwas anderes; und überhaupt, wenn es im Leben unseres Volkes Romane gibt, sind sie etwas ganz anderes als bei anderen Völkern. Man muß das gut begreifen und völlig anders schreiben ...«

Eure Worte sind mir tief ins Hirn gedrungen, und ich begann zu verstehen, wie sehr sich ein jüdischer Roman von allen anderen Romanen unterscheiden muß – weil das jüdische Leben im allgemeinen und die Umstände, unter denen ein Jude die Liebe erlebt, denen aller anderen Völker keinesfalls gleichen. Heute hat das jüdische Volk seinen eigenen Charakter, seinen eigenen jüdischen Geist, seine besonderen Sitten und Gewohnheiten, sehr andere als bei anderen Völkern. Und unsere nationalen Kennzeichen, die immer echt jüdisch bleiben werden, müssen sich in einem solchen Roman deutlich zeigen, wenn er wirklich aus dem Leben genommen ist.

Das habe ich aus Euren Worten gelernt, und das wollte ich aussagen – durch die jüdische Tochter Rochel die Schöne, die in diesem Roman die Hauptrolle spielt, und durch alle andern Personen, die sich um sie drehen. Wie gut mir das gelungen ist, das ist eine andere

Frage. Aber meine Absicht war es, einen jüdischen Roman zu schaffen, wie Ihr ihn mit Recht von jedem jüdischen Romanschreiber fordert.
Auch deshalb ist »Stempenju« Euer, lieber Großvater, weil der Name und die Idee von Euch kommen: bei Euch, lieber Großvater, in einem Eurer letzten Werke, bin ich im Vorbeigehen dem Stempenju begegnet – mit seinen »Liebestropfen«, die alle Bediener und Dienstmädchen zum Schabernack bei ihm kaufen. Das genügte, um in meiner Erinnerung alle die wunderlichen Geschichten aufzuwecken, die ich als Schuljunge über Stempenju gehört hatte – und meine Phantasie hat mir geholfen, diesen Roman zu schaffen.
Es mag sein, daß in vielen Gegenden, wie zum Beispiel in Litauen, die Juden noch nie von Stempenju gehört haben; und deshalb wird ihnen schon der Name seltsam verwegen vorkommen. Dafür ist dieser Name bei uns in der ganzen Narropoler Gegend, von Masepewka bis Jehupez, sehr gut bekannt, gar nicht zu reden von Euren Städtchen – Faulsk, Heuchlerowsk, Schmarotzowo –, dort weiß ein Kind, wer Stempenju gewesen ist, woher er stammt und was er für eine Herkunft hatte.
Aber nicht nur Stempenju allein ist die vornehme Person. Meine Absicht war es, in diesem Roman drei Personen oder Haupthelden, wie man es nennt, zu erschaffen: den jüdischen Künstler Stempenju mit seiner Fiedel, die schöne jüdische Tochter Rochel mit ihrer jüdischen Ehrbarkeit und die jüdische Frau Frejdel mit ihrem kaufmännischen Geist, ihrem Bangen um den Rubel – jeden mit seiner besonderen kleinen Welt. Stempenju, Rochel und Frejdel, das sind meine vornehmen Personen, die in meinem Planwagen obenan ihren Platz haben; und alle übrigen sind Nebenpersonen, die mittun, wenn es sich ergibt, und immer nur gegenübersitzen. Deshalb habe ich die übrige Gesellschaft mit zwei drei Wörtern skizziert, meine ganze

Mühe aber an jene drei vornehmen Personen gewendet.

Ich meine, jüdische Musikanten wie unsere Gruppe bilden eine besondere Welt für sich, und es wäre lohnend, in ihr Leben viel tiefer hineinzublicken, als ich es in diesem Roman getan habe. Man brauchte dazu Euer Auge, lieber Großvater, Eure Feder und Eure Ausdauer. Ach, woher nimmt man Ausdauer und Bedachtsamkeit? Geduld, wo nimmt man sie her?

»Über einem Werk«, so sagt Ihr mir in einem anderen Brief, »über einem Werk, lieber Enkel, muß man schwitzen. Man muß arbeiten, an jedem Wort feilen. Denkt daran, was ich Euch sage – feilen, feilen!«

Feilen! Das ist das Unglück mit uns jungem Volk, daß wir nie Zeit haben, sondern das ganze Werk herunterschreiben – im Stehen, wie man sagt, auf einem Bein; wahrhaftig in einem Atem. Wir verweilen nicht bei jedem Gedanken und jedem einzelnen Wort, um zu arbeiten und zu feilen, wie Ihr es tut. Ich weiß, lieber Großvater, ich fühl es, wie nötig es wäre, »Stempenju« in etlichen Wassern zu läutern. Sicher würde Stempenju bei Euch ein anderes Gesicht haben; aus Euern Händen wäre er anders, ganz anders hervorgegangen. Bei Euch, Großvater, gäbe es eine Geschichte über der Geschichte, eine Geschichte in der Geschichte und die Geschichte selber.

»Ich liebe es«, schreibt Ihr wiederum in einem Brief, »wenn in einem Bild außer dem schönen Gesicht auch Leben, Verstand und Gedanke enthalten sind wie in einem lebendigen Menschen; ein Bild muß mehr als schöne Sätze zu mir sagen ...«

Aber dies Geheimnis ist nur Euch allein und sonst keinem offenbart: Bilder zu schaffen, die zwei Gestalten in sich vereinen, mit einer rechten und einer linken Seite, einem Oberzeug und einem Futterstoff, so daß im Offenbarten ein Verborgenes und Eigentliches enthalten

ist – das vollbringt als einziger Künstler unserer Literatur nur Ihr, lieber Großvater, und wer kann sich mit Euch vergleichen?
Wir junges Volk danken Gott, wenn die Geschichte selber ordentlich herauskommt, ohne Gebrechen, mit allen Gliedmaßen eines literarischen Geschöpfes.
So nehmt denn, lieber Großvater, diese Gabe – meinen ersten jüdischen Roman. Wolle Gott, daß mein »Stempenju« Gnade findet in Euren Augen und Euch Freude macht, wie Ihr es Euch wünscht.

Euer sehr ergebener Enkel,

Kiew 1886 der Autor

I. STEMPENJUS HERKUNFT

Stempenju, das ist eine Art Beiname, den er von seinem Vater geerbt hat. Sein Vater, Friede sei mit ihm, war ein Musikant, hat Berl Baß geheißen, oder Berl Stempenir, von Stempeni, einem Dorf in der Gegend von Masepewka, spielte auf dem Baß und war ein guter Hochzeitspossenreißer, ein tüchtiger Reimeschmied, ein wüster Spaßvogel.

Auf allen Hochzeiten hat er bald den Bettler gespielt und die Augen verdreht, bald wie ein Bär getanzt, bald nachgeahmt, wie eine Jüdin im Kindbett schreit: »Großmütterchen, ich schwör Euch bei einem Paar Gebetsriemen, es wird nie wieder vorkommen!« Oder er gab plötzlich mitten in der Stube einen Wasserstrahl von sich, daß alle Juden ihre Rockschöße nach oben krempelten und die Frauen ihre Kleider hoben. Oder er hing der Schwiegermutter etwas Unpassendes an die Schürze, und andere Streiche und Kunststücke die Fülle.

Musikantentum war bei ihnen seit vielen Generationen erblich: Berl Baß, oder Berl Stempenir, wie wir schon wissen, spielte auf dem Baß; Berls Vater, Reb Schmuelik Trompeter, spielte auf der Trompete; sein Großvater, Reb Fejwusch Zimbler, auf einer Zimbel; und sein Urgroßvater Reb Efroim Viol – kurz, Stempenju stammt bis in die zehnte Generation von Musikanten her, und er schämt sich dessen nicht, wie sich sonst bei Juden, unter uns gesagt, der Handwerker seines Standes schämt. Das ist gar kein Wunder: so ein Name, wie ihn Stempenju in Masepewka besaß, so ein Ruf, wie er ihn sich fast in der ganzen Welt erworben hatte – da ist es keine Kleinigkeit, solch ein Wort auszusprechen: Stempenju!

Eine Begnadung war es für die Juden der Gegend, hörte man Nissi Belser singen, Godek den Possenreißer reden und Stempenju spielen. Daraus könnt ihr schon schließen, daß Stempenju kein gewöhnlicher Musikant gewesen ist, kein Irgendwer. Und natürlich hat er sich einen solchen Ruf unter all den Großen nicht für nichts erworben.

Juden lieben Musik und verstehen etwas davon, das werden auch unsre Feinde nicht leugnen; wenn auch, wie man entgegnen mag, für den Juden nicht allzu oft Gelegenheit ist, Musik zu hören. Denn woher die Freude nehmen, sich plötzlich mit Spielen oder Tanzen zu unterhalten? Dennoch, ihr mögt sagen, was ihr wollt, sind wir gute Kenner: fürs Singen wie fürs Musizieren wie auch für alle anderen Dinge.

Wenn ein Kantor zu uns kommt, laufen wir nach Billetten, um ihn zu hören. Und wenn Musikanten auf einer Hochzeit spielen, sind wir gewiß verpflichtet, uns anzuhören, wie die »Kapelle« die güldne Hühnersuppe mit ihrem Stücklein begleitet – gewöhnlich keinem fröhlichen (das fröhliche kommt später). Dafür würden wir einen Sack Borschtsch hingeben. Das Publikum sitzt voll Ehrfurcht, und die Musikanten spielen ein trauriges, ein moralisches, ein weinendes Stück. Die Fiedel schluchzt, zerschmilzt auf der dicken Saite, und die übrige Gruppe bestärkt sie in ihrer Traurigkeit. Melancholie befällt das Publikum, und jeder sitzt kummervoll, ganz bequem, aber kummervoll. Jeder wird nachdenklich, läßt die Nase hängen und, mit dem Finger auf dem Teller reibend oder aus frischem Schabbesgebäck kleine Kugeln knetend, vertieft er sich in seine Gedanken, seine traurigen Gedanken (denn jeder hat natürlich seine Sorgen, und ein Jude muß seine Leiden nicht borgen gehn). So fließen die traurigen Melodien mit den traurigen Gedanken zusammen, und jedes Ächzen der Fiedel – »tjoch – tjoch – tjoch« –

findet in den Herzen der Hochzeitsgäste Antwort und Echo. Ohnehin ist das Herz, und das jüdische im besonderen, eine Fiedel: man quetscht die Saiten und zieht aus ihnen verschiedene, meistens traurige, weinende Lieder heraus ... Man braucht dazu nur einen rechten Musikanten, einen tüchtigen Kerl, eben einen Fiedler und Menschen, wie Stempenju einer war.

Oh, Stempenju ist ein tüchtiger Kerl gewesen! Er griff nach der Fiedel und strich mit dem Bogen darüber, ein einziges Mal, nicht mehr, und schon fing sie zu reden an. Aber wieso reden? Richtig mit Wörtern, mit einer Zunge, wie – wohl zu unterscheiden – ein lebendiger Mensch? Reden, Disputieren, Singen mit einem Schluchzen nach jüdischer Art, kraftvoll, mit einem Aufschrei aus tiefem Herzen, aus der Seele. Den Kopf pflegte Stempenju zur Seite zu werfen, die langen schwarzen Locken flossen über die breiten Schultern, die Augen, die schwarzen brennenden Augen blickten nach oben, und das schöne leuchtende Gesicht wurde mit einemmal bleich wie der Tod. Noch eine Minute, und mit Stempenju ist es aus. Man sieht nur, wie eine Hand auf und nieder fliegt, auf und nieder, man hört verschiedene Stimmen, und es ergießen sich allerlei Arten von Gesang, trübe, traurige, daß es einen am Herzen packt und an der Seele zieht – es nimmt einem die Gesundheit. Die Zuhörer vergehen mit allen Kräften, man stirbt, man stirbt mit all seinen Gliedern. Das Herz wird voll, es fließt über, und Tränen steigen in die Augen. Juden seufzen, Juden ächzen, Juden weinen ...

Und Stempenju? Wer, Stempenju? Was für ein Stempenju? Fragt ihn nur, wo er sich in der Welt befindet. Er macht das Seine: »Tjoch – tjoch – tjoch«, und genug. Und wenn er aufhört zu spielen, streckt er die Fiedel zur Seite und faßt sich ans Herz. Dann leuchten ihm

die Augen wie zwei Schabbeslichte, und sein schönes Gesicht glänzt wie die Welt.
Das Publikum schreckt auf wie aus einem Schlaf, einem traurigen, aber süßen Schlaf, und alle Juden beginnen, ihre Begeisterung aus sich heraus zu reden, alle zugleich. Man ächzt und seufzt, man lobt, ist entzückt und verwundert, man kann des Preisens kein Ende finden.
»Nnu, Stempenju! Ach, Stempenju!«
Und die Frauen? Von den Frauen gar nicht zu reden. Es ist sehr zu bezweifeln, ob im Bethaus am Vorabend des Versöhnungstages, beim Dochtelegen, so viel Tränen vergossen werden wie bei Stempenjus Stücken. Über die »Zerstörung des heiligen Tempels« muß man nicht so viel weinen, wie die Frauen bei Stempenjus Spiel geweint haben.
»Ich will Gott bitten, daß ich für die Hochzeit meiner jüngeren Tochter den Stempenju engagieren kann, Herr der Welt!« So wünschten die Frauen, wischten sich die geschwollenen, geröteten Augen aus und schneuzten sich das restliche bißchen Nase, und während des Wünschens funkelten ihre Perlen, goldenen Ohrringe, Broschen, Halsketten und der übrige jüdische Schmuck, als wär er von Feuer.
Und die Mädchen, die »Mamsells«, blieben stehen, angeschmiedet an ihre Plätze, wie die Puppen, starrten auf Stempenju und seine Fiedel, ohne ein Glied zu rühren oder mit einem Auge zu blinzeln. Aber irgendwo seitlich im Korsett klopfte das Herz: »Tick – tick – tick«, und öfter drang von dort ein verborgener Seufzer herauf ...

II. STEMPENJU UND SEINE »KAPELLE«

Das Getümmel, das Stempenju auslöste, wenn er irgendwo mit seiner Kapelle (seinem Orchester) in ein Städtchen kam, das Brodeln und Wirbeln ist gar nicht zu beschreiben.

»Still, kommt da nicht vielleicht ein Planwagen von der Mühle unten? Mit vier Pferden? Das sind wohl die Verwandten, gelt?«

»Nein, das sind die Musikanten, da kommt Stempenju mit seiner Gruppe.«

»Was? Stempenju? Stempenju ist schon da? Das wird ja eine fröhliche Hochzeit bei Chajm-Benzion Glok, ein Geschwür an seinen Hals!«

Jüdische Frauen werden rot. Jüdische Mädchen kämmen sich eilig und flechten die langen Zöpfe. Jungen krempeln die Hosen hoch, und man läuft Stempenju empfangen. Und sogar erwachsene, schon beweibte Juden mit Bärten zeigen durch ein Lächeln: es macht ihnen ein wildes Vergnügen, wenn Stempenju kommt, um bei Chajm-Benzion Glok auf der Hochzeit zu spielen.Warum denn nicht?Was kümmert es sie, kostet es ihr Geld?

Bis der Planwagen zur Herberge gefahren ist, füllt sich die Gasse mit Menschen. Jeder ist neugierig, einen Blick auf Stempenju und seine Gruppe zu werfen, und bleibt ein Weilchen stehn.

»Seht nur, wie man sich drängelt«, schreit jeder und drängt sich ganz nach vorn, wie es unter Juden üblich ist.

»Seht nur, seht, wie er mit den Ellbogen arbeitet, und will unbedingt der erste sein! Was gibt es schon zu sehen? Musikanten wie alle anderen Musikanten auch.«

So brummt ein jeglicher Gast vor sich hin und stößt

zum Planwagen vor, wo sich die Musikanten soeben anschicken, einer nach dem andern aus dem Wagen zu steigen.

Allen voran kriecht Reb Jokel Kontrabaß hervor (der auf dem Kontrabaß spielt), ein grimmiger Jude mit plattgedrückter Nase und Wattebüscheln in den Ohren. Ihm folgt Reb Lejbisch mit der Klarinette, ein schläfriger Jude mit wulstigen Lippen. Danach erscheint Chajkel Buckliger, der bekannte Chajkel Possenreißer mit dem Buckel. Jetzt ein schwarzer zottiger Jude, fürchterlich behaart, fast wie ein Wilder aus der Einöde, mit so langen Brauen, daß es ein Schrecken ist. Das ist Reb Schneir Meir der zweite Geiger. Nach ihm springen zwei drei junge, wilde Burschen heraus, mit verschwollenen Backen, blutunterlaufenen Augen und schrecklichen Schaufelzähnen. Das sind die Lehrjungen der Gruppe, die noch kostenlos arbeiten; später, mit der Zeit, können sie sich zu richtigen Musikanten mausern. Und ganz zuletzt, krummbeinig, schaukelt sich der gelbe Mechtschi Pauker heraus, mit einer Pauke, die ohne Übertreibung größer als Mechtschi selber ist. Bei ihm fängt ein dünnes gelbes Bärtchen zu sprießen an, nur auf einer Seite des Gesichts, der rechten Hälfte; und die andere Seite, die linke, ist nackt und leer wie eine Steppe. Mechtschi Pauker, müßt ihr wissen, hat mit dreißig Jahren Hochzeit gehalten und, wie man sagt, einen Zwitter zum Weib genommen …

Die Gassenjungen geben natürlich keine Ruhe. Wenn Stempenju mit seiner Kapelle ankommt, stiehlt sich jedesmal ein Schuljunge herzu und tut einen Schlag auf die Trommel oder zupft an der dicken Saite des Kontrabaß. Und der grimmige Reb Jokel Kontrabaß gibt ihm einen Schlag in den Nacken.

Die Gasse beginnt allmählich zu lärmen und zu brodeln. Denn der Bräutigam ist inzwischen auch in der

Stadt eingetroffen, mit einem halben Hundert Burschen, die ihm bis jenseits der Mühle entgegengefahren waren. Und das Städtchen jubelt und freut sich und ist völlig verwandelt.
So ist es in Jampol, so ist es in Stristsch, so ist es in allen Städtchen, die das Glück hatten, Stempenju für eine Hochzeit zu engagieren. Und so ist es auch hier in Masepewka. Nun, wo Stempenju ist, dort brodelt die Welt.

III. STEMPENJUS VORBEREITUNGEN

Warum ist in Masepewka die Freude so groß?
Reb Chajm-Benzion Glok verheiratet seine jüngere Tochter, das jüngste Kind Riwkele – nun, warum soll man sich nicht mit ihm freuen? Es lohnt sich, an solch einer Hochzeit teilzuhaben. Ein Reicher im Städtel, da wollen alle bei der Hochzeit dabeisein: einer aus guter Freundschaft, der andere aus Mißgunst, der aus Verpflichtung, und jener, weil er die Perlen seiner Frau, die Ohrringe oder die neue Halskette vorzeigen will, die er vom Jahrmarkt mitgebracht hat. Und vor allem wegen – Stempenju.
Nun, alle sind auf der Hochzeit, ganz Masepewka vergnügt sich bei Chajm-Benzion Glok auf Riwkeles Hochzeit. Ganz zu schweigen von Eisik-Naftoli mit seiner Frau und den Kindern. Denn Eisik-Naftoli ist Chajm-Benzion Gloks Teilhaber: Compagnon im Geschäft, Compagnon in der Mühle, und dazu noch ein Stück Verwandter. Es heißt, Eisik-Naftolis Frau hinge etwas mit der Bräutigamsmutter zusammen,

eine Art entfernter Versippung von mütterlicher Seite her.
Deshalb dreht sich Eisik-Naftolis Weib Dwossje-Malke, wie eine wahre Schwiegermutter herausgeputzt, wirbelt herum und tut nichts, gestikuliert mit den Händen und schreit und lärmt, als wäre sie sehr beschäftigt.
Und Dwossje-Malkes Schwiegertochter, die schöne Rochel, steht neben der Braut, geschmückt wie eine Prinzessin, ihre großen blauen Augen blitzen wie zwei große Brillanten, und ihre roten Backen leuchten wie zwei blühende Rosen. In der einen Hand hält sie die Haarsträhnen der Braut (die Frauen hatten sie vor dem »Bedecken« mit viel Tränen entflochten), und mit der andern Hand streichelt sie sich ihren weißen Hals, um nicht zu bemerken, wie ein paar schwarze brennende Augen unaufhörlich auf sie starren …
Die Bediener und die Bedienerinnen rennen herum wie die vergifteten Mäuse, die Verwandten des Brautpaars lärmen:
»Hilfe, es ist Zeit, die Braut mit dem Tuch zu bedecken! Wie lange kann man die Kinder noch quälen, die leider an solch einem Sommertag fasten müssen …« Alle schreien: »Es ist Zeit, es ist Zeit!« Aber tun tut man gar nichts.
Eisik-Naftoli dreht sich mit seinem Samtkäppchen und hält wie ein Prediger die Hände verschränkt, und Dwossje-Malke macht viel Geschrei. Die übrigen Verwandten beider Parteien laufen durcheinander und strecken die Hände nach vorn, als wollten sie etwas tun, aber man gäbe ihnen keine Arbeit.
»Nun, warum tut man nichts?« fragt die Partei des Bräutigams.
»Warum fängt man nicht an, was zu tun?« antwortet die Partei der Braut.
»Hat man je gesehn, daß Kinder so lange hungern müssen?« schreit die Partei des Bräutigams.

»Hat man je gehört, man soll Kinder so lange hungern lassen?« schreit die Partei der Braut.
»Was läuft man hin und her?«
»Warum läuft man und läuft?«
»Alle laufen, alle lärmen, und nichts tut sich – schöne Helfer!«
»Wenn man nur läuft und lärmt, keiner will was tun!«
»Vielleicht ist nun genug geredet? Und Zeit, was zu tun? Es muß doch mal zum Ende kommen!«
»Nun, Schluß mit dem Gerede! Soll man anfangen mit Tun! Macht ein Ende!«
»Wo sind die Musikanten?« fragt die Bräutigamspartei.
»Die Musikanten, wo sind sie?« antwortet die Partei der Braut.
Und die Musikanten werden von ihrer Arbeit in Anspruch genommen: man schmiert die Bogen, man stimmt die Instrumente. Reb Jokel Kontrabaß zieht einen Jungen am Ohr und erklärt ihm ruhig: »Hör, Bankert, ich werd dir zeigen, wie man Saiten spannt.« Mechtschi Pauker kratzt sich das bärtige halbe Gesicht und guckt dabei keinen an.
Reb Chajkel Possenreißer redet mit einem bekannten Lehrer, nimmt bei ihm mit zwei Fingern eine Prise Tabak und schüttet Witze hin wie aus einem Sack. Und die übrigen Musikanten, die verschwollenen Jungen mit den großen Schaufelzähnen, stehen um Stempenju herum und reden mit ihm in Musikantensprache über eine wichtige Angelegenheit.
»Wer ist die Schechtel dort, die neben der Smissanke steht?« fragt Stempenju in jener Sprache und deutet mit den Augen auf die schöne Rochel neben der Braut.
»Geh nur, Jerachmiel«, sagt er zu einem der verschwollenen Musikantenjungen, »geh und erkundige dich, wer sie ist. Aber chidke, Jerachmiel, schnell!«
Jerachmiel kommt gleich zurück, mit einer klaren Ant-

wort: »Das ist keine Schechtel, kein Mädchen mehr, das ist schon eine Jaldowke, eine Frau. Das ist Eisik-Naftolis Schwiegertochter. Von Jehupez ist sie, und das da ist ihr Jold, ihr Mann, seht Ihr. Da dreht er sich herum mit einem Samtkäppchen.«

»Hin sollst du werden, Jerachmiel«, sagt Stempenju launig. »So schnell hast dus rausgekriegt? Eh, sie ist doch wirklich eine kliwe Jaldowke, ein schönes Weibel! Sieh nur, sieh, wie sie guckt, mit was für Augen!«

»Wenn Ihr wollt«, fragt der verschwollene Jerachmiel den Stempenju, »geh ich hin und tire mit ihr.«

»Lieg in der Erde!« antwortet ihm Stempenju, »man braucht dich nicht als Boten, ich red selber mit ihr.«

»Nun, schmeiß nur ein paar schwarze Augen aus deiner Fiedel«, ruft Schneir Meir in seiner Sprache, »zerr mit deiner Fiedel an den jüdischen Därmen ...«

Stempenju nimmt die Fiedel, winkt seiner Gruppe, und man greift nach den Instrumenten.

IV. STEMPENJUS FIEDEL

Kurz, Gott hat geholfen, und Stempenju begann, vor der Braut zu spielen.

Ach, ich fühl es, meine Feder ist zu schwach, um beschreiben zu können, wie Stempenju vor einer Braut spielte.

Das war nicht einfach nur gespielt, drauflosgefiedelt, sondern das war eine heilige Arbeit, ein Gottesdienst mit einer Art von sehr hohem Gefühl, einem sehr ed-

len Geist. Stempenju stellte sich gegenüber der Braut auf und hielt ihr auf der Fiedel eine Hochzeitspredigt – eine schöne und lange Predigt, eine rührende Predigt: über das bisherige freie und glückliche Leben der Braut, ihren Mädchenstand, und über das finstere bittere Leben, das sie später erwartet, später, wenn es mit dem Mädchen vorbei ist. Der Kopf und die schönen langen Haare auf ewig bedeckt ... Die Fröhlichkeit dahin. Sei gesund, Jugend, dort wirst du zu einer verheirateten Jüdin ... Nicht sehr fröhlich. Gott soll diese Rede nicht strafen!
Solche Worte glaubt man aus Stempenjus Fiedel zu hören. Alle Frauen verstehen den Sinn dieser stummen Predigt sehr genau, alle Frauen fühlen ihn; sie fühlen ihn und antworten darauf mit bitteren Tränen.
»Wie lange ist es her, da hab ich so gesessen«, denkt eine junge Frau und schluckt an den Tränen. »Wie lange ist es her, da hab ich so gesessen, mit gelöstem Haar, und meinte, Engel spielten mit mir, und ich wär eine Glückliche. Am Ende, ach, am Ende ...«
»Bescher ihr Gott«, betet eine alte Jüdin, eine Mutter von erwachsenen Töchtern, »bescher ihr Gott, meiner älteren Tochter, schon bald ihren Bräutigam, nur mit mehr Glück als ich, nur mit einem bessern Los, als ich es bei meinem Manne hab ... Gott soll mich nicht strafen für diese Worte ...«
In solche Gedanken fallen die Frauen, und Stempenju macht das Seine: er arbeitet mit allen Mitteln, und seine Fiedel redet. Stempenju spielt ein trauriges Lied, und die Kapelle steht ihm bei. Es wird still, Schluß mit dem Lärm – alle, alle wollen Stempenju hören. Juden werden grüblerisch, Frauen verstummen, Jungen und Mädchen klettern auf die Bänke und auf die Tische – jeder will Stempenju hören.
»Psst, still! Leute, seid still!«
Und Stempenju verströmt sich auf der Fiedel und

schmilzt wie Wachs: »Tjoch – tjoch – tjoch«, mehr hört man nicht; eine Hand fliegt hinauf und hinab, mehr sieht man nicht; und man hört allerlei Stimmen, und verschiedene Arten Gesang ergießen sich, und so traurige, daß es zu Herzen geht. Es zieht einem die Seele heraus, es nimmt einem das Leben. Das Publikum vergeht mit allen Kräften, das Publikum erstirbt, es stirbt mit allen Gliedern. Das Herz wird so voll, es fließt über, und Tränen steigen in die Augen. Juden seufzen, Juden ächzen, Juden weinen ...

Und Stempenju? Wer, Stempenju? Was für ein Stempenju? Man sieht ihn gar nicht, keinen Stempenju und keine Fiedel, man hört nur süße Stimmen, göttliche Gesänge, die den ganzen Raum füllen.

Und die schöne Rochel? Noch nie hatte sie Stempenju spielen hören. Sie hatte nur gehört, es gäbe solch einen Stempenju, aber diese Art Spiel – noch nie. Und nun steht sie und lauscht den zauberhaften Gesängen, den seltsamen Stimmen, und sie versteht nicht, was vor sich geht. Etwas zieht ihr am Herzen, etwas streichelt ihr die Seele, aber was, das begreift sie nicht. Sie wirft ihre Blicke dorthin, von wo sich die süßen Stimmen ergießen, und sieht in ein Paar wunderbarschöne schwarze Augen, feurige Augen, die gerade zu ihr herblicken und sie durchbohren – wie Spieße, scharfe Spieße. Die schwarzen feurigen Augen blicken zu ihr und winken ihr zu und reden mit ihr. Sie will ihre Augen niederschlagen und – kann nicht.

»Das dort ist Stempenju?« grübelt die schöne Rochel, als das »Besetzen« schon vorbei ist und die Verwandten sich mühen, die Braut und den Bräutigam zum Traubaldachin zu führen.

»Wo sind denn die Lichte?« fragt die Bräutigampartei.

»Die Lichte, wo sind sie denn?« antwortet die Partei der Braut. Und so entsteht derselbe Lärm wie zuvor, alle laufen, und keiner weiß wohin. Man drängt sich, man stößt sich, man tritt sich auf die Hühneraugen, man zerreißt sich die Kleidung, man schwitzt, man schimpft über die Bediener mit den Anzündkerzen, und die Bediener wiederum schimpfen auf die Verwandten, und die Verwandten zanken sich untereinander – es geht, Gott sei gelobt, recht lebendig zu.

In dem Durcheinander, das entstanden war, während man vom Traubaldachin zurückkam, entfernt sich Stempenju aus seinem Orchester – und dort wird er wieder sichtbar, zwischen den Frauen, neben Eisik-Naftolis Schwiegertochter, der schönen Rochel. Er wirft ihr ein paar Worte zu, lächelt sie an und dreht dabei an seinen langen schwarzen Locken. Rochel errötet, senkt die Augen und antwortet ihm nur auf das zehnte Wort. Es gehört sich nicht, sich plötzlich mit einem Musikanten hinzustellen, und noch dazu vor all den Leuten …

V. STEMPENJUS ERSTE BEGEGNUNG MIT ROCHEL

Man erzählt von Stempenju vielerlei Geschichten.

Man erzählt von ihm, er komme mit allen Zauberern und bösen Geistern zurande. Wenn er eine Braut von ihrem Bräutigam abwenden will, so kann er das. Er weiß eine Art Spruch, daß er ein Mädchen nur anzusehen braucht, schon ist sie glühend in ihn verliebt. Gott bewahre!

Viele Mütter wissen von diesem Geheimnis und hüten ihre Kinder, die Bräute. Wenn die mit Stempenju reden, stellt sich eine ältere Schwester, eine Tante, eine Schwägerin, eine Verheiratete ganz in der Nähe auf … Wahrlich, das ist für unsern Helden kein besonders schönes Kompliment. Aber was tut es? Was hat der Frieden mit dem Streit zu tun? Dadurch wird Stempenjus Ruf, Gott bewahre, nicht kleiner. Alle wissen, daß Stempenju ein rechter Gott-vertilge-seinen-Namen ist, was tut es? Man schließt doch keine Heirat mit ihm, aufs Wort. Und Stempenju bleibt doch Stempenju.

Seid gesegnet, ihr jüdischen Frauen, die ihr Männer habt! Und gesegnet seien die Männer, die euch ein so teures Geschenk überreichten: Freiheit! Schmerzlich ist es den Mädchen, gebunden und gefesselt, behütet und bewacht zu werden, bis man ihnen den Kopf zudeckt – und dann erst werden die Mädchen zu Frauen, gelösten, freien, glücklichen Weiblein …

Rochel war eine verehelichte Frau und hatte keinen Grund zu flüchten, als Stempenju neben sie trat, mit der Fiedel unter dem Arm und einem Lächeln auf den Lippen – wovor mußte sie sich fürchten? Vor wem verstecken? Der Schwiegervater Reb Eisik-Naftoli ist mit der Hochzeit beschäftigt: er spaziert herum, verschränkt die Arme und achtet auf die Bediener, daß sie sich schneller bewegen. Und die Schwiegermutter Dwossje-Malke ist so in Anspruch genommen, daß sie nicht einmal merken würde, wenn man ihr die Perücke vom Kopf nähme. Im Vorbeilaufen blieb sie zwar einen Augenblick stehen, um nachzuschaun: Was tut dieser Stempenju neben ihrer Schwiegertochter? Aber dann dachte sie: »Was weiß ich, närrisches Zeug, es ist ihre Sache und keinen Groschen wert …«, und lief weiter, und kommandierte die Bediener, sie sollten sich beeilen.

Reb Eisik-Naftoli und Dwossje-Malke wußten ganz ausgezeichnet zu kommandieren. Die Bediener und Bedienerinnen schwirrten herum wie die Verrückten,

die Verwandten beider Seiten lärmten, wie es üblich ist. Die Gäste wuschen die Hände und nahmen ihre Plätze ein – auf den langen Bänken rings um die langen Tische, auf denen inzwischen frische Semmeln bereitlagen, eine ganze lange Reihe.
Plötzlich ein Aufruhr: der Wasserkübel ist leer!
»Wo kriegt man jetzt Wasser her?« fragt die Partei des Bräutigams.
»Wasser, woher?« antwortet die Partei der Braut.
»Wasser!« schrie Dwossje-Malke, schon ein bißchen heiser.
»Wasser, Wasser!« half ihr Eisik-Naftoli schreien, krempelte die Rockschöße hoch und meinte, etwas zu tun.
In diesem neuen Durcheinander hatte Stempenju Gelegenheit, noch ein wenig mit Rochel zu reden, die recht ernst und nachdenklich war. Ihre schönen blauen Augen guckten in die Ferne, nicht auf Stempenju. Und ihre Ohren hörten seine lange Rede.
Denn reden hat Stempenju wahrhaftig gekonnt, der wußte zu reden, dieser Satanskerl! Mit dem Reden hat er einen umsponnen wie ein böser Dämon ... und blickte dabei gerade in die Augen – was sag ich? ins Herz, tief ins Herz.
Stempenju hat geredet, und Rochel hat gehört, und der Lärm der Hochzeitsleute war so groß, daß man nichts von ihrem Gespräch verstehen konnte, außer den letzten Wörtern.
»Das dort ist Euer Mojsche-Mendel?« hat Stempenju sie gefragt, und wies mit den Augen auf einen jungen Mann, der das Revers eines jüdischen Überrocks gepackt hielt und auf dieses Revers einredete, mit allen Sinnen, mit allen Gliedern.
»Das ist er«, hat Rochel geantwortet, und ist wie beleidigt zur Seite getreten.
Rochel war beleidigt und blickte nicht mehr hinüber in den Winkel, wo die Musikanten saßen. Stempenju

war noch lange um sie herumgekreist, aber es hatte ihm nichts geholfen. Man darf sagen, er war ihr zum Ekel geworden, geradezu haßte sie ihn, diesen Stempenju mit seinem frechen Blick und all seinen Tricks. Pfui, es ist eine Schande für eine jüdische Tochter, in seiner Nähe zu stehen.

So denkt Rochel auf ihrem Rückweg zur Braut, und will schon vergessen, daß es überhaupt auf der Welt einen Stempenju gibt ... Aber: still, was ist dort für eine Unruhe?

Stempenju spielt schon wieder, etwas Schluchzendes, und die Kapelle steht ihm bei. Schluß mit dem Lärm! Schluß mit dem Getümmel!

Juden werden grüblerisch, Frauen verstummen, Jungen und Mädchen klettern auf die Bänke und auf die Tische – alle wollen Stempenju hören. Eisik-Naftoli hält den Kopf schief und vertieft sich ins Hören wie ein guter Kenner. Dwossje-Malke, ein Seidentuch umgebunden und einen Teller in der Hand, blieb in dieser Pose stehen, und sogar die Bediener mit den hochgekrempelten Rockschößen und die Bedienerinnen mit den hochgeschürzten Kleidern standen auf ihren Plätzen inmitten der Stube wie erstarrt.

Und Stempenju verströmte sich auf der Fiedel mit solch trübselig-traurigen Liedern, daß die Zuhörer atemlos blieben, Gestorbene, wahrhaftig einfach Gestorbene, tote Menschen. Das Herz wird so voll, es läuft über, und Tränen steigen in die Augen. Juden seufzen, Juden ächzen, Juden weinen ...

Und Stempenju? Wer, Stempenju? Was für ein Stempenju? Man sieht ihn gar nicht, keinen Stempenju und keine Fiedel, man hört nur die süßen Stimmen, göttliche Gesänge, die den ganzen Raum füllen.

Und die schöne Rochel, die bis heute den Stempenju noch nie spielen gehört hatte, steht und lauscht den zauberhaften Gesängen, den seltsamen Stimmen, und sie versteht nicht, was vor sich geht. Etwas zieht ihr am Herzen, etwas streichelt sie, aber was, das begreift sie nicht. Sie hebt die Augen und blickt dorthin, von wo die Wundermelodien sich ergießen, und sieht ein Paar wunderbarschöne schwarze Augen, die gerade zu ihr herblicken, gerade zu ihr, und sie durchbohren wie zwei schwarze Spieße. Die schwarzen feurigen Augen blicken und winken ihr zu und reden mit ihr. Rochel senkt den Kopf und sieht sie dennoch, die schwarzen feurigen Augen, Rochel blickt nach allen Seiten – und sieht immer nur die schwarzen feurigen Augen ...

VI. NACH DEM HOCHZEITSMAHL

Das Hochzeitsmahl war lange beendet, alle Hochrufe, die Beschenkungen und der »Keuschheitstanz« waren vorüber. Die Leute sind fröhlich, jeder fordert zum Tanz, man entschließt sich zu lustigen Einlagen. Reb Jontel der Schächter tanzt einen Kosakentanz, und ihm gegenüber, mutig und ausgelassen, hüpft die Schwiegermutter mit ihrem, Verzeihung, dicken Bauch. Und das Publikum feuert Reb Jontel an, der gar nicht mehr wahrnimmt, daß er mit einer Frau tanzt, wie ein Wagehals in der Hocke. Und sie stampft vor ihm, die Hände an die Hüften gelegt, und lächelt Reb Jontel zu – mit einem breiten Lächeln über das ganze breite Gesicht, wie der Mond im halben Monat ... Später wird es noch fröhlicher, man tanzt schon, Verzeihung, in Unterhosen.

Eisik-Naftoli steht bereits ohne seinen Überrock, mit breiten weißen Hemdsärmeln – man hat ihn lange be-

drängt, bis er zustimmte, den Kaftan auszuziehen. Auf dem Kopf hat ihm jemand einen Hut bis zur Nase heruntergedrückt – und alle lachen über ihn mit betrunkenen Augen. Sogar sein eigener Sohn Mojsche-Mendel, Rochels Mann, zerrt den Vater an einem Ärmel in den Tanzkreis.

»Schwenkt die Schenkel!« schreit Mojsche-Mendel und springt bis zur Stubendecke.

Die Musikanten spielen nun ohne Stempenju. In der Truppe geht es sehr locker zu, einer der verschwollenen Jungen mit den großen Zähnen führt die Kapelle. Der schwarze, zottige Reb Schneir Meir, der zweite Fiedler, döst vor sich hin, Reb Jokel Kontrabaß schläft. Nur das junge Volk arbeitet auf allen Instrumenten, und am meisten müht sich, bedauerlicherweise, Mechtschi Pauker – er wütet auf der Pauke wie ein Räuber, sein gelbes Köpfchen hat er in der Trommel versteckt, man sieht nur die Schultern zucken und die krummen Beine stampfen. Und Stempenju? Stempenju schwänzelt um die jungen Frauen herum, und vor allem um Rochel.

»Schwiegermutter, kommt, gehn wir heim«, sagt Rochel zu Dwossje-Malke, die ihren Eisik-Naftoli mustert, mit seinen Hemdsärmeln und seinem Hut.

»Komm, Tochter, komm, morgen ist Markt, ruhn wir uns noch etwas aus. Sieh nur, was für Mutwillen sie getrieben haben.«

Und Dwossje-Malke geht mit Rochel heim.

Der dunkelblaue Himmel wird an einer Seite ein wenig heller und lichter. Schon dämmert der Morgen. Ein Hahn kräht, und zehn Hähne antworten ihm. Von fern fern ist das Bellen eines Hundes zu hören. Alle Häuschen, sogar bei den Christen, sind noch verschlossen: Nur bei Hersch-Ber dem Schächter ist schon Licht; Hersch-Ber der Schächter steht eine Stunde vor Tag auf, um für sich Talmud zu lernen.

»Rochel, was sagst du zu Gnessis Tochter? Sie hat sich ein bissel sehr herausgeputzt. Bist du eine Freundin von ihr?« Aber Rochel gibt keine Antwort, Rochel ist von ihren eigenen Gedanken beansprucht. Wer weiß, was und über wen sie jetzt nachdenkt?

»Schwiegermutter«, sagt Rochel plötzlich, »ich hab zum erstenmal in meinem Leben Stempenju spielen gehört.«

»Geh schon, geh, Kind, was heißt zum erstenmal?« antwortet ihr die Schwiegermutter. »Wie wars bei euerm Reichen Reb Lejbusch Awrom Hersch? Und bei Nechemje Bik? Und bei Soro Benzions? Und beim Rebben selber?«

»Ich erinnere mich nicht«, antwortet Rochel. »Ich hörte nur: Stempenju! Stempenju! Aber gesehen hab ich ihn nicht.«

»Nun, versteht sich, du warst ja damals noch – was warst du? Ein Schreihals warst du, als Stempenju in Skwira beim Rebben die Hochzeit bespielt hat. Eine Hochzeit ist das gewesen – allen meinen Lieben sei es gewünscht –, Herrgott, ein hübsches Stückel Hochzeit. Kannst dir vorstellen, ich war damals schwanger, mit Jossel, und war so dick wie im sechsten, nein im achten Monat, tatsächlich. – Wohin gehst du, Rochel? Unser Haus ist dort, und du verläufst dich einfach zu Gnessi – so ein Spaß, hoho!«

»Seht nur«, antwortet Rochel und blickt sich nach allen Seiten um, »das ist wirklich eine schöne Geschichte, haha!«

Und lachend kamen Schwiegermutter und Schwiegertochter zu Hause an, sich für ein paar Stunden schlafen zu legen. Denn morgen erwartet sie in Masepewka ein großer Markt, fast ein ganzer Jahrmarkt.

VII. ROCHEL KANN NICHT EINSCHLAFEN

Habt ihr von dem Unglück gehört? Rochel kann nicht schlafen. Sie dreht sich von einer Seite auf die andre, sie deckt sich zu und deckt sich auf – und findet keinen Schlaf.

Wie müht sie sich zum Beispiel, nicht an ihn zu denken – an Stempenju, meine ich –, und er drängt sich ihr immer wieder vor Augen, weiß der Teufel warum. Sie macht die Augen fest fest zu – und sieht ihn mit seinen wunderbarschönen schwarzen feurigen Augen, die gerade zu ihr herblicken, ihr zuwinken und nach ihr rufen ...

»Nicht gedacht soll seiner werden, mag es wenigstens Mojsche-Mendel sein«, denkt sie. Und sie öffnet die Augen und sieht: Stempenju mit der Fiedel, und sie malt sich aus, sie höre noch das schöne seltsame Spiel ... Ach, was für ein Spiel! Nun, nicht umsonst erzählt man sich über ihn solche Wundergeschichten ... Und Rochel entsinnt sich all der schönen Geschichten, die sie über ihn gehört hat, schon als sie noch in die Kinderschule ging und bei Motel Spreis dem Mädchenschreiblehrer das Schreiben erlernte, damals, als sie in Skwira wohnten. Dort hat sie von ihren Freundinnen Geschichten gehört ...

Wie Stempenju eine Braut ihrem Bräutigam abspenstig gemacht hat, und die Braut ist vor Schande gestorben, und man hat ihr einen schwarzen Traubaldachin aufgestellt. Oder wie Stempenju an einem Mädchen Rache nahm, weil sie ihn einen Scharlatan genannt hatte ...

Wie Stempenju bei einem großen Gutsbesitzer, einem Grafen, zur Hochzeit spielte und die Tochter des Grafen, das adlige Fräulein, eine auserlesene Schönheit, sich heiß in ihn verliebte. Sie sprach: Ein für allemal, wenn sie den Stempenju nicht haben kann, will sie den Tod. Der Graf, als er solch eine Geschichte hörte, stritt mit ihm. Erst im bösen, dann im guten, und schließlich versprach er ihm drei Dörfer, wenn er sich taufen ließe und seine Tochter, das adlige Fräulein, zur Frau nähme. Aber Stempenju hat ihm auf französisch geantwortet (Stempenju konnte auch Deutsch und Französisch), er möge ihm eine ganze Stube mit Gold vollschütten, er, Stempenju, werde seinen Rubel nicht dafür eintauschen (und deshalb war er bei allen frommen Juden, sogar beim Rebben, hoch angesehen). Und das Fräulein, als sie das hörte, hat sich mitsamt der Kleidung in den Fluß geworfen ... Und noch viele wunderbare Geschichten, daß es einen schaudert, sie zu hören.

Außerdem entsann sich Rochel, daß sie von ihren Freundinnen gehört hatte, Stempenju besäße ein Fläschchen mit »Liebestropfen«. »Liebe, Liebste, koch Nudeln«, hat Rochel gedacht und sich an alle die schönen Geschichten erinnert.

»Da hast du einen Groschen für die ganze Liebe. Mein Mojsche-Mendel, wie es sich gehört, liebt mich auch ohne Liebestropfen. Und ich ihn? Ich den Mojsche-Mendel?«

Rochel dreht sich auf die andre Seite, mit dem Gesicht zur Wand, und grübelt heftig darüber nach. Erstmals ist ihr ein solcher Gedanke in den Kopf geraten.

»Das Fest, es hat eben nicht nur den ersten Feiertag. Was soll die ganze Lieberei? Hassen tu ich ihn gewiß nicht ...«

Und wahrhaftig, warum soll sie ihn hassen? Mojsche-Mendel ist, Gott behüte, kein häßlicher junger Mann. Ein bißchen aus der neuen Welt. Liest vom Blatt, sagt einen schönen Kidusch-Segen, liebt ein witziges Wort und macht gern mit jungen Leuten einen

Spaß – ein feiner junger Mann. Es ist wahr, zu ihr, seiner Frau, ist er noch ein bißchen ungebärdig, redet mit ihr nicht zwei ganze Wörter, hat im Bethaus oder auf dem Markt kaum eine Silbe oder Geste für sie. Es wäre ihm eine wunderliche Sache, sich mit einer Frau hinzusetzen und wie mit Leuten zu reden, einfach so zu plaudern ... das ist unmöglich, eine wilde Ziege.

Ach, nicht das war es, was sie sich als Braut erhofft hatte! Als sie Braut wurde, war es ihr, als würde sie von allen um ihren Bräutigam beneidet. So einen Mojsche-Mendel (ach, was für ein schöner Bräutigam!) gab es nur einmal bei Gott und das andremal bei ihr, sie würde sehr glücklich sein ... Und am Ende? Am Ende sieht sie, daß alle ihre Freundinnen einen guten Tag leben. Die eine wohnt irgendwo mit ihrem Mann in einer großen Stadt und schreibt von dort Briefe, daß einem die Welt verschwindet, und ist inzwischen eine angesehene Hausherrin. Sogar Chane-Mirl, die einen Witwer mit fünf Kindern geheiratet und alles aufs Spiel gesetzt hat, war glücklich geworden. Und sie, Rochel? Ach, was gibt es da zu reden? Die ganze Woche eingesperrt wie ein Huhn im Käfig. Ich esse, trink und schlaf, und die Schwiegereltern lassen mich nicht Atem holen. Tag und Nacht nur: Rochele und Rochele. Und Mojsche-Mendel mit seiner ganzen Art, mit seinen Witzchen, als wäre ich für ihn eine Weißichwas ...

Still, da klopft jemand an der Tür, das kann nur Mojsche-Mendel sein, die Schwiegermutter geht ihm aufmachen.

»Mojsche-Mendel?«

»Wie, was?«

»Bist du es, Mojsche-Mendel?« fragt ihn die Mutter.

»Was für ein Tänzchen, Gott vertilge seinen Namen, brrr ...«, antwortet ihr der Sohn.

»Was plapperst du, Mojsche-Mendel?« sagt wiederum

die Mutter zu ihm, »zieh dich aus und leg dich schlafen!«
»Gott vertilge seinen Namen, gut getrunken, Ber Menasche, hahaha!«
»Gott sei mit dir, Mojsche-Mendel, was lallst du?« sagt Dwossje-Malke zu ihm und zerdrückt dabei eine Schabe.
»Hört Ihr denn nicht, Schwiegermutter, der ist betrunken wie Lot«, sagt Rochel zu ihr, »seid so freundlich und zündet ihm ein Licht an, sonst wird er sich Rücken und Lenden brechen.«
»Scheußlich ... noch ein Gläsel ... Gott vertilge seinen Namen ...«
Mit diesen halben Worten fällt er in sein Bett und schläft ein, mit schrecklichem Schnarchen. Dwossje-Malke wird auch einschlafen, die kleinen Kinder schlafen schon lange. Es faucht und pfeift aus allen Winkeln. Alle in der Stube schlafen tief, nur Rochel allein kann nicht zur Ruhe kommen. Was kann man tun? Sie findet keinen Schlaf.
Der Mond leuchtet durch ein Fenster herein, und ein langer weißer Lichtstreifen fällt auf das Bett, wo Mojsche-Mendel liegt, das Gesicht nach oben, mit offenem Mund, glotzenden Augen, verdrehtem Hals. Und der Adamsapfel tritt deutlich hervor, daß es häßlich anzusehen ist ... Rochel will nicht hinschauen, und guckt doch. Nie hat sich Mojsche-Mendel ihr so häßlich gezeigt wie jetzt, in dieser Nacht, und unwillkürlich verglich sie ihn mit einem andern, mit diesem Gott-vertilge-seinen-Namen-Kerl. Ist das mein Mojsche-Mendel, einst der Bräutigam mit dem schönen weißen Gesicht, mit dem süßen Lächeln und den fröhlichen Augen, seiner geraden Haltung, seiner feinen Art, seinen angenehmen Manieren, seinen klugen und witzigen Sprüchen? Ist das der Mojsche-Mendel von einst?

Und Rochel verglich ihn unwillkürlich ein weiteres Mal mit einem andern, mit Stempenju …
Hinweg, finstere Gedanken, schert euch fort von einer jüdischen Tochter!

VIII. BEIM SCHLEIER-MAHL

Am Morgen kam Chiane, die Frau des Bethausdieners, um Dwossje-Malke mitzuteilen, der Bräutigam und Verwandtschaft sowie die Braut und Verwandtschaft ließen zum Schleier-Mahl einladen. Rochel hatte schon das Haar bedeckt, und gekleidet war sie nach der letzten Mode von Reb Dovid Mechanik dem Frauenschneider: ein blauseidnes Kleid, himmelfarben, mit weißen Spitzen und ganz weiten Ärmeln, wie man sie damals in Masepewka trug, wo sich die Mode um etliche Jahre verspätet; auf dem Kopf ein blauseidnes Tuch, Ajourarbeit, so daß man die ganze Frisur mit den Zöpfen sehen konnte … Aber fremde Zöpfe; die eigenen blonden Haare sind bei Rochel seit langem versteckt, verborgen auf immer, auf ewig. Etliche Perlenschnürchen am Hals, an ihrem weißen schönen Hals, eine große goldene Kette, eine Brosche, Armbänder, Fingerringe, Ohrringe – der ganze jüdische Schmuck, das ganze jüdische Vermögen. So saß Rochel in ihrem Zimmer, wo Mojsche-Mendel noch in der nächtlichen Haltung lag, die Gurgel vorgereckt, offenen Munds, und schnarchte.
Ach, was für ein großer Unterschied zwischen den zwei Mojsche-Mendels: zwischen Mojsche-Mendel dem Bräutigam und Mojsche-Mendel dem Ehemann.

Jener Mojsche-Mendel war so voll Zuneigung, seine Augen leuchteten wie zwei Hochzeitslichte, seine Stimme war zuckersüß, sein Benehmen so angenehm, so liebenswürdig. Und dieser Mojsche-Mendel hier? So sonderbar lang und schmal und gebeugt, und ein gelbes Bärtchen sprießt ihm am Kinn. Wie kam er zu solch einem Ziegenbärtchen? Und unwillkürlich stellt sie sich jenen Satanskerl vor Augen, der sie eine ganze Nacht nicht schlafen ließ – ein reines Unglück!
»Ich bin selber schuld«, denkt Rochel, »ich, ich selber. Da hast du ein solches Unglück, einen Stempenju – wer bleibt denn auch einfach stehn und spricht plötzlich mit einem Musikanten? Pfui, Schande! Und was könnte man nicht alles über mich reden, hätte man gesehen, wie ich mit ihm stand und mit ihm sprach? Ein Glück, daß solch ein Durcheinander gewesen war. Und was hätte Mojsche-Mendel gesagt?«
Mit einem Lächeln ging Rochel zum Bett Mojsche-Mendels, beugte sich über seinen Kopf und rief ihn beim Namen. Mojsche-Mendel schlug die grauen Augen auf, stierte lange und begriff nicht, was er vor sich sah.
»Mojsche-Mendel«, sagte Rochel und beugte sich tief zu ihm hinunter, »Mojsche-Mendel! Du erkennst mich nicht, was? Seht ihn an, wie er mich anguckt! Ich seh wohl sehr vornehm aus mit diesem Tuch?«
»Ach, laß mich in Ruhe, ich will schlafen! ...«
Mit diesen Worten drehte Mojsche-Mendel sein Gesicht zur Wand und ließ ein wildes Schnarchen hören.
»Die Verwandten des Bräutigams und der Bräutigam und die Braut und ihre Verwandten lassen Euch zum Schleier-Mahl einladen, Euch und Eure Schwiegermutter und Euern Mann«, so ruft Chiane, die Frau des Bethausdieners, und steckt den Kopf durch die Tür. Aber als sie Rochel stehen sieht, über ihren Mann gebeugt, zuckt sie zurück.

Rochel traf die Braut noch unverschleiert. Die Freundinnen küßten sich, und rasch kamen sie in ein warmherziges Gespräch, wie es sich unter zwei jungen Frauen gehört.
Allmählich versammelten sich die Gäste. Bediener und Bedienerinnen deckten die Tische mit allen guten Sachen: mit Lebkuchen und Eingemachtem, mit Honigbrot, Mandel-Hörnchen und allerlei Obstkuchen. Die Helfer und die Bettler von gestern sind auch schon da. Der Brautvater Chajm-Benzion läuft herum, frisch gewaschen und gekämmt, mit seinem Samtkäppchen. Und die Brautmutter ist schon ganz heiser; doch hört sie nicht auf zu kommandieren, treibt den hierhin und jenen dorthin und schreit mit letzter Kraft:
»Ihr wollt mich unglücklich machen, Feinde Zions, ihr stellt die Torte und das Eingemachte dorthin, wo die Schnapsflasche mit den Gläsern stehen muß, wund ist mir und weh! Geh, zerreiß dich! Da hast du eine Hochzeit. Sie kostet einen ganzen Goldklumpen, und am Ende so was! Nicht einmal die Musikanten sind zur Stelle. Was für eine Geschichte – tu, was du willst, es hilft nicht.«
»Pscht, sei doch still!« schreit Chajm-Benzion der Brautvater. »Was lärmst du so? Mit dir wird man nicht froh. Sie tut nichts, und sie schreit. Warum schreist du? Ist es neu für dich, wenn ein Kind Hochzeit macht? Es ist das erstemal, was? Guckt sie euch an, sie krächzt ja geradezu. Sie ruft an Gästen und Verwandten eine ganze Stadt zusammen, läuft herum und schreit. Vielleicht weißt du, warum.«
»Wer schreit, du Verrückter, wer schreit?«
»Ich weiß wohl nicht, wer schreit? Im Gegenteil. Sags doch selber!«
»Ich schrei nicht, aber du vielleicht?«
»Ich schrei wohl? So? Eher umgekehrt!«

»Jetzt schreist du doch, Chajm-Benzion. Was ist denn los mit dir?«

»Einen guten Morgen den Brauteltern, dem Bräutigam und der Braut, und allen Verwandten beider Seiten, und allen lieben Freunden, vivat, und fein aufgespielt!«
Mit diesem schallenden Ausruf von Chajkel dem Possenreißer griffen die Musikanten nach ihren Instrumenten, und die Hochzeit wurde wieder zur Hochzeit. Die Gäste wischten sich die Hände an den Rockschößen ab, krempelten sich die Ärmel hoch, und erst nach dem Waschen setzten sie sich an den Tisch, um das Schleier-Mahl zu probieren.
Da nahm Stempenju seine Fiedel und überbot all die gestrigen Kunststücke mit etlichen Zugaben und obendrein zwei drei nagelneuen Stücken, bei denen das Publikum außer sich geriet. Aller Augen waren auf ihn, auf Stempenju, gerichtet.
Nur Rochel hat nicht in jene Ecke geblickt, und hat ihn doch gesehen, und hat doch gespürt, daß er sie ansah … Erst, als Stempenju die Fiedel beiseite legte und bei den Leuten ein Hu und Ha einsetzte, erhob Rochel die Augen und sah – Stempenju.
»Was haltet Ihr von ihm?« wandte sich ihr die Braut zu, die bis dahin geschwiegen hatte.
»Von wem?« fragte Rochel naiv.
»Von Stempenju – ein schöner Satanskerl.«
Rochel gab keine Antwort. Sie spürte, wie ihr die Farbe ins Gesicht stieg. Die Braut bemerkte es und fragte:
»Ist Euch heiß, Rochel? Gelt, es ist Euch heiß?«
»Ach ja, schrecklich heiß. Ich werde eine Minute hinausgehn und mich draußen abkühlen«, gab ihr Rochel zur Antwort und ging vom Tisch fort.
Unterwegs begegnete ihr auf Schritt und Tritt ein Be-

diener oder eine Bedienerin, die ihr mit großer Ehrerbietung den Weg vertraten, nicht so sehr ihr zuliebe als wegen ihres Seidenkleids. Und bevor sie zur Tür kam, mußte sie sich an den Musikanten vorbeizwängen, die Augen machten und sich in ihrer Sprache Brocken zuwarfen wie: »Kliwe Joldawke, man muß tiren mit Zuseniche« und so fort. Und als sie Stempenjus Augen begegnete, fühlte sie eine Art Herzklopfen, wie sie es noch nie verspürt hatte. Davon errötete sie noch stärker und empfand eine schreckliche Hitze im Gesicht, wie bei einer Feuersbrunst.

Zu ihrem Leid mußte sie obendrein dem Brautvater Chajm-Benzion begegnen, fast bei der Tür. Und da begann nun eine neue Hochzeit. Reb Chajm-Benzion war ein frommer Jude und zitterte vor jeder Frau. Als er plötzlich Rochel begegnete, hätte er eigentlich nach rückwärts ausweichen müssen. Aber verteufelt, er sprang nach rechts.

Und da Rochel auch nach rechts trat, so daß sie um ein Haar zusammengeprallt wären, verfiel Chajm-Benzion auf den Rat, sich nach links zu wenden. Zum Unglück geriet sie auf denselben Ausweg und wählte auch links. Da endlich begriff Chajm-Benzion, daß er schnell nach rechts schwenken müßte. Doch bevor er sich gerührt hatte, stand ihm schon Rochel rechts gegenüber, wie zum Trotz. Und Gott weiß, wie lange sie solcherart hin- und hergetanzt wären. Aber zu ihrem Glück kam die heisere Brautmutter und stellte sich streitbar vor dem Brautvater auf, in ihrer gewohnten Art, so daß Rochel nach draußen entschlüpfen konnte, um sich von der schrecklichen Hitze ein wenig abzukühlen.

IX. ROCHELS LEBENSLAUF UND CHAJE-ETELS ROMAN

Aber da draußen war es noch heißer. Es war ein Tag im Monat Tamus. Die Sonne stand mitten am Himmel, unbarmherzig sengend und brennend. Auf die hölzernen und strohernen Dächer von Masepewka ergoß sich das Sonnenlicht in tausend Streifen, zitternd und schwebend wie die Wellen des Flusses. Schuljungen riefen: »Die Gottesherrlichkeit ruht.«

Vor Rochel liegt der Markt, ausgedehnt und leer. Die Läden mit den roten Markisen sind offen, und die Frauen sitzen auf viereckigen Schemeln und stricken mit schrecklicher Geschwindigkeit an wollnen Socken. An der Seite stehen Gefäße mit Erdbeeren, Keksen und Fladengebäck. Eine Ziege stiehlt sich herbei, es gelüstet sie, ein kleines Unheil anzurichten; aber man läßt sie nicht gewähren. In der Ferne zockelt ein Ochsenpaar vor einer Fuhre mit Korngarben inmitten einer gewaltigen Staubwolke, und hinterher trottet ein kleiner Bauernbursche mit großem Hut, barfüßig, mit einem Sack und einer langen Peitsche, und ein großer Hund folgt ihm mit hängender Zunge.

Rochel steht und betrachtet dieses Wochentagsbild, und vergleicht es mit ihrem blauseidenen Kleid, himmelfarben, und mit den Perlen, Ohrringen, Armbändern und Fingerringen. Und sie fühlt sich sehr fremd in ihrem Kontrast zu dem Bild und zur ganzen Natur. Sie ist weder Hin noch Her: keine Marktjüdin, keine Gräfin, einfach ein jüdisches Kind, eine jüdische Tochter, aus allem gelöst. Da hat sie einen Ehemann, ißt Kost bei Schwiegervater und Schwiegermutter, taucht keine Hand in kaltes Wasser. Und der Mann ist entweder im Lehrhaus oder auf dem Markt, wirbelt sein Stöckchen herum und erzählt Anekdötchen.

Jetzt, der Natur gegenüberstehend, fing sie beinahe das erstemal in ihrem Leben an nachzudenken, wer sie war, und es kam ihr ein ganz neuer Gedanke in den Sinn: daß ihr etwas fehle. Was, das weiß sie nicht, aber etwas fehlt ihr, etwas geht ihr ab ...

Rochel war eine einfache jüdische Frau ohne Aberwitz und ohne Bosheit, mit einem Wort: das, was man bei uns eine jüdische Tochter nennt. Unter vielen Kindern aufwachsend, war sie für Vater und Mutter in Skwira gar kein besonderes Kleinod: eben ein Mädchen, soll sie gesund heranwachsen ... Und damit sie nicht vor den Augen herumschwirrte, und damit ein Kind weniger in der Stube war, wurde sie gleich mit allen ihren Brüdern in den Chejder, die Kinderschule, geschickt. Später, als sie schon ein wenig größer war, übergab man sie Motel Spreis dem Mädchenschreiblehrer, damit sie schreiben lernte.

Dort bei Motel Spreis dem Mädchenschreiblehrer hatte sie ihre üblichen Freundinnen, kleine und große Mädchen. Aber lieber war es ihr, sich um die älteren Mädchen zu bemühen, und sie liebte es, deren Geschichten zu hören, schöne wunderliche Geschichten. Die Mädchen wiederum mochten Rochel für ihr Singen, für ihr schönes Singen.

»Sing uns, Rochel, Herzchen, sing, fürchte nichts, kein Junge ist hier.«

Vor Jungen und vor Erwachsenen schämte sich Rochel zu singen, und die Freundinnen sagten ihr selber, vor großen Jungen wär es nicht recht – man darf es nicht.

»Nun, sing schon, Rochel. Seht sie an, man muß sie bitten.«

Und Rochel gehorcht den großen Mädchen, und mit ihrer dünnen, weichen Stimme zerdehnt sie ein Liedchen, ein jüdisches Liedchen:

»Sitzt ein Täubchen auf dem Berg
und muß Kummer leiden,
fern ist mir mein lieber Freund,
und ich muß ihn meiden ...«

Rochel singt dies liebe Liedchen mit großem Gefühl, als hätte sie das Wort Liebe verstanden. Die älteren Mädchen aber verstanden es offensichtlich, sie pflegten dabei zu ächzen und zu seufzen, und manchmal kam ihnen eine Träne ...

Diese Lieder, die Rochel für ihre Freundinnen sang, gingen einer von ihnen besonders ans Herz. Sie hieß Chaje-Etel, ein sehr schönes Mädchen, eine Waise. Chaje-Etel war eines von vielen Mädchen, ihr Lebenslauf ist der Lebenslauf vieler jüdischer Töchter, er sagt sich so kurz und so schnell her wie der Segensspruch »... auf dessen Wort alles entstanden ist«. Hier ist er, alles in allem:

Vor nicht sehr langer Zeit lebten zwei Brüder in der Stadt, einer hieß Aron und der andere hieß Lejb. Aron ist jung gestorben, und sein Weib starb ihm nach, und es blieb von ihnen eine Tochter Chaje-Etel. Und ihr Onkel Lejb erbarmte sich ihrer und nahm sie zu sich samt ihrer Erbschaft. Der Onkel Lejb handelte nicht sehr gut an ihr, das ganze Erbe hat er sich angeeignet (man sagt, dreitausend Rubel), und ihr, der Waise, mit Verlaub zu sagen, zeigte er die Feige. Und hat sie mit einem Hund von einem Kerl verheiratet, der sie quälte. Und Chaje-Etel ist jung, zweiundzwanzigjährig, aus der Welt gegangen ...

Mit dieser Chaje-Etel war unsere Rochel eng befreundet, und sie hatten sich beide sehr gern. Einmal am Schabbes saß Rochel mit Chaje-Etel beim Fenster, festlich gekleidet und gekämmt, wie es sich für den Schabbes gehört. Und wie es ihre Art war, hat Rochel ihre Lieder gesungen, und Chaje-Etel hat zugehört. Rochel sang:

»Ach, du fährst so weit,
ach, du fährst so weit,
und mich läßt du hier ...«

»Rochel, Herzchen, Seelchen, sing das noch einmal!«
»Das noch einmal singen?« fragt Rochel verwundert. »Nun, ich kann das Lied noch mal von vorn anfangen:

Ach, du fährst so weit,
ach, du fährst so weit,
und mich läßt du hie-hie-hier ...«

Da sieht Rochel, wie Chaje-Etel die Waise ihr Gesicht in die Hände legt, und wie ihr Kopf und Schultern zucken. Rochel bleibt still und hört Chaje-Etel beim Schluchzen zu.
»Gott sei mit dir, Chaje-Etel, du weinst? Was ist, daß du plötzlich weinst? Sag mir, was dir geschehen ist. Auf einmal weinst du.«
»Ach, Rochel«, antwortet sie ihr und weint heftiger, »ach, Rochel, das Liedel, dein Liedel ...«
»Das Lied? Was ist denn damit? Warum muß man da weinen?«
»Ach, Rochel, frag nicht, frag nicht mein bitteres Herz. Ein Feuer brennt in mir, ein höllisches Feuer, hier, siehst du, hier ...« Und Chaje-Etel zeigt auf ihr Herz.
Rochel guckt sie an, verwundert und verwirrt.
»Was siehst du mich so an, Rochel? Du verstehst nicht. Du kannst nicht fühlen, was mit mir ist. Mein Herz ist mir so schwer. Ich bin so elend, so verlassen, ich trag solche Plagen mit mir herum, daß ich dir jetzt alles erzählen muß, alles!«
Und Chaje-Etel erzählt Rochel ihre ganze Geschichte, eine trübe Geschichte, keine ungewöhnliche, eine, wie sie sich oft bei Juden ereignet, doch eine sehr traurige Geschichte. Ihr Onkel und vor allem sie, das böse Weib,

die Tante, hatten sie übel gequält. Und wär nicht des Onkels junger Sohn Benjamin gewesen, wär sie lange schon fortgelaufen, in die Welt hinein, oder hätte sich in den Fluß geworfen. Aber Benjamin war ihr einziger Trost auf der Welt. Mit ihm zusammen war sie aufgewachsen. Er war zu ihr wie ein Bruder, wie ein eigener Bruder. Und zum Schluß ist er weggefahren, hat sie zurückgelassen im Leid, wie ein Fremder, wie ein Wildfremder.

»Ich versteh nicht, Chaje-Etel, warum muß man da die Welt niederreißen, wenn der eigene Bruder wegfährt, und er war doch nicht mal ein eigener.«

»Ach, Rochel, du weißt nicht, wie nah er mir gewesen ist, eingebacken im Herzen, wirklich wie ein eigener, mehr als ein eigener, sag ich dir! Wenn ich Benjamin gesehen hab, war mir ein Licht vor Augen, und als er weggefahren war ...«

»Benjamin mußte doch wegfahren, Chaje-Etel, er hat doch Hochzeit gehabt.«

»Ach, Rochel, du Krone, sag es mir nicht. Ich kann das nicht hören! Das Wort ›Hochzeit gehabt‹ zieht mir das ganze Leben heraus. Wenn ich höre, ›Benjamin hat Hochzeit gehabt‹, ist mein Leben zuende. Du weißt das nicht, Rochel, geb Gott, daß du ewig davon nichts wissen wirst... Was guckst du mich so an? Benjamin hat mir versprochen, geschworen, daß er mich nehmen wird.«

»Nun, warum dann hat er dich nicht genommen, Chaje-Etel?«

»Du fragst wie ein Kind, Rochel. Natürlich ist er mir nicht beschert gewesen, natürlich war das ihr Glücksstern.«

»Er hat aber doch dir geschworen, daß er dich nehmen wird.«

»Nun, wennschon, hat er geschworen. Er wollte immer mit dem Onkel reden und hat es von Tag zu Tag aufgeschoben – er hatte Angst vor ihm (du kennst doch meinen Onkel Lejb) –, bis er ihr Bräutigam wurde. Und wenn ich mit ihm darüber sprach, sagte er mir, bis zur Hochzeit ist es noch weit, er wird noch reden können. Und so sind die Tage mit den Jahren dahingegangen, bis die Zeit, die finstere Zeit meines Unglücks, gekommen ist. Ich war selber beim Traubaldachin, ich hab selber alles mit eignen Augen gesehn, alles – wie er ihr den Ring ansteckte und sagte, was man sagen muß ... Der Kantor mit den Sängern hat gesungen, und Benjamin hat die Augen zur Erde niedergeschlagen, um mich nicht zu sehen. Aber ich weiß, er hat mich gesehen ... Ach, Rochel, wie leb ich! Wie halt ich das aus ...«

»Wenn es so ist, Chaje-Etel, dann ist doch Benjamin ein großer Lügner und ist nicht wert, daß ihn die Erde trägt.«

»Nein, sag das nicht, Rochel, du kennst Benjamin nicht. Du weißt nicht, was für ein Diamant das ist, was für ein teures Herz er hat ... Schuld an allem ist er, der Onkel Lejb, der Schurke, das Blut meines Vaters soll über ihn kommen, Herr der Welt!«

»Ich seh daraus, Chaje-Etel, daß dir schön bang nach ihm ist.«

»Bang, sagst du? Ich sterb, ich vergeh mit allen Kräften, und sie sagt nur bang-schmang.«

»Na, und sie, Chaje-Etel, ist sie eine schöne Frau?«

»Wer, sie?«

»Sie, Benjamins Weib, meine ich.«

Bei diesen Worten sah Rochel, wie Chaje-Etel rot und gleich darauf bleich wurde, vielerlei Farben. Rochel konnte nicht verstehen, warum Chaje-Etel ihr darauf nicht antworten wollte, aber sie fühlte, daß man nicht noch einmal fragen durfte.

Wahrscheinlich paßt es ihr nicht – weil sie schweigt. Wahrscheinlich tut es ihr weh – wenn sie davon nicht reden will ...

Einige Zeit später begegnete Rochel ihrer Freundin auf einer Hochzeit, und tatsächlich auf Chaje-Etels Hochzeit. Chaje-Etel war eine Braut wie alle Bräute, saß, wie eine Braut sitzen muß, schwieg, ging zum Traubaldachin, hat sich am Morgen den Schleier aufgesetzt, war sogar blaß im Gesicht und ein bißchen wie nachdenklich, nicht fröhlich ... Aber es tut nichts, es macht nichts aus: eine Braut muß so sein. Was denn, tanzen soll sie gehn? ...

Wer weiß, was Chaje-Etel in den Gedanken und auf dem Herzen lag? Das Herz einer jüdischen Tochter ist ein Geheimnis, ein großes Geheimnis. Ein Kasten, ein verschlossener Kasten, und da darf wirklich kein Mann hineingucken, das wäre keine Art ...

X. UND WIEDER ROCHEL

Über die Frage »Was geht bei Chaje-Etel tief im Herzen vor?« hat Rochel auf Chaje-Etels Hochzeit gegrübelt. Rochel hat darüber mit keinem gesprochen. Doch verstand sie mit dem Verstand, und ein bißchen fühlte sie mit dem Herzen, daß es Chaje-Etel jetzt nicht sehr gut gehen konnte, sitzend neben dem, der ihr beschert war, einem wildfremden Kerl, und irgendwo dort war ihr eigener Benjamin mit seiner Frau ... Rochel war sehr begierig, jetzt zu fragen: Was hört man von Benjamin, was macht er, schreibt er Briefe? Aber als sie nahe an Chaje-Etel herantrat und in ihr bleiches Gesicht sah, und als sie hörte, wie Chaje-Etel seufzte und seufzte, hatte sie nicht das Herz, mit ihr über solche Dinge zu reden.

Wir dürfen vermuten, dies war das erstemal, daß Rochel wegen solcher Angelegenheiten ins Grübeln kam. Eine Tatsache aus dem Leben kann viel mehr Gedanken hervorrufen und viel mehr Gefühle wecken als zehn gute Bücher. Wahrlich, Rochel war ein einfaches jüdisches Mädchen, ohne Weisheiten, aber dumm war sie nicht. Warum sollte sie nicht mit ihrem angeborenen Verstand eine Sache begreifen? Es ist wahr, Rochel wußte nichts von Romanen und ihren Helden. Aber sie besaß ein reines jüdisches Herz – warum sollte sie kein fremdes Leiden fühlen, keinen fremden Kummer verstehen können? Darin war Rochel mit einem Male um etliche Jahre älter geworden, dank Chaje-Etel und ihrem jüdischen Roman.
Dann ist Rochel selber eine Braut gewesen, und über ihren Bräutigam Mojsche-Mendel hatte sie so viele Lobsprüche über so viele Vorzüge gehört, daß sie auf sich sah wie auf eine glückliche Frau in der Welt.
»Unberufen, so ein Glück!« hörte sie von allen Seiten.
»Eine Schmalzgrube! Die Erfüllung! Reb Eisik-Naftoli ist ein reicher Bürger, der vornehmste von allen Masepewker Hausbesitzern, und hat einen Sohn, einen einzigen Sohn, und was für einen Sohn! Nun, ein großes Glück!«
Und wirklich war Mojsche-Mendel ein feines Bürschchen und konnte jedem gefallen: tüchtig und lebendig, ein Talmudköpfchen, ein guter Tora- und Prophetenkenner, und obendrein ein exzellenter Könner in der Schriftkunst; so daß man seine Schriftstücke in ganz Masepewka herumzeigte, und sogar Motel Spreis selber, der Mädchenschreiblehrer in Skwira, sattelte seine rote Nase mit einer Brille, studierte die Schrift des Bräutigams etliche Male, wie ein echter Sachverständiger, und hat eingestehen müssen, daß der Bräutigam eine goldene Hand hat – er werde, wenn sich die Hand mit der Zeit ausschreiben wird, so Gott will, wirklich schreiben können.

Gesprochen hat Rochel mit ihrem Bräutigam sehr wenig. Denn wo war er und wo war sie? Von Masepewka nach Skwira ist es sehr weit, und gesehen hatten sie sich im ganzen nur einmal, und auch nur zwei Stunden, und vor einer ganzen Zehnerschaft Juden, und da war der Bräutigam in einem Zimmer und die Braut im anderen Zimmer.

Dafür aber haben sie sich fast jede Woche Briefe geschrieben, ein rundes Jahr bis zur Hochzeit. An der Schreibkunst – was soll man da lügen – hatte Motel Spreis einen großen Anteil. Denn da des Bräutigams Briefe in drei Sprachen verfaßt waren, hebräisch, russisch und jiddisch, mußte sich Motel Spreis bemühen, daß die Braut auch nicht ganz beschämt wurde. Um deutlich zu offenbaren, daß aus Motel Spreis' Schule ein Mädchen nicht einfach so ins Leben hinausgeht wie bei andern Schreibern, hat er sich befleißigt, den Briefen der Braut noch etwas Französisch hinzuzusetzen; das heißt, französische Buchstaben, in welchen Motel Spreis viel Erfahrung besaß. So kann man sagen, daß Bräutigam und Braut ein ganzes Jahr hindurch in Briefen spielten, und sie beendeten dieses Spiel erst, als sie anfingen, sich zur Hochzeit zu rüsten.

Die Hochzeit verlief wie alle jüdischen Hochzeiten. Ein wenig hat die Partei der Braut ihre Pflicht verletzt und sich nicht ganz würdig und jüdisch verhalten. Ein bißchen hat die Partei des Bräutigams genörgelt und gestichelt und im stillen den Schwiegervater einen Schweinskerl genannt, wie er das ordentlich verdient hat. Aber was tut es, das macht gar nichts. Wie üblich: man macht einen Umtrunk, und man söhnt sich aus. Die Braut verabschiedet sich von allen ihren Lieben, man geleitet sie aus der Stadt, man küßt sich, man weint, man wird eine Tochter los, man gibt sie zu Schwiegervater und Schwiegermutter in Kost.

XI. ROCHEL EIN WEITERES MAL

Dort, bei Schwiegervater und Schwiegermutter, begann für Rochel eine neue Welt. Wie eine Schwiegertochter und eine einzige Schwiegertochter und eine wohlgeratene Schwiegertochter hat man sie schnell liebgewonnen. Man hat sie umsorgt und behütet, man blies ihr den Staub vom Wege. Und die Schwiegermutter Dwossje-Malke, die noch nie solch ein Vergnügen erlebt hatte, gab einfach Rochel zuliebe das eigene Leben auf: nur Rochele und Rochele. Wo sie ein fettes Stückchen Fleisch fand, einen Markknochen, eine wohlschmeckende Speise – immer Rochele. Ganz früh am Morgen, Rochel hatte kaum die Augen einen Spalt geöffnet – aha, das Kännchen mit Zichorienkaffee steht schon auf dem Tisch, und Dwossje-Malke, die eigentlich sehr beschäftigt ist, eine Marktjüdin, dreht sich um sie und kümmert sich, daß für die Schwiegertochter alles zur rechten Zeit bereitet ist.

»Warum müßt Ihr Euch mühen, Schwiegermutter?«

»Macht nichts, trink, Rochele, iß, Rochele.«

Ein andermal sieht Rochel, wie die Schwiegermutter atemlos vom Markt kommt und in der Küche Verzweiflungsschreie über die Menschen ausstößt, scheltend und zeternd, als ob man sie schlachten wolle.

»Was ist, Schwiegermutter?« fragt Rochel.

»Ich hab gemeint, du bist schon lange aufgestanden, und die Milch kocht und kocht. Herr der Welt, ich werde meiner Dienstmagd Dampf machen. Und ich lauf, weiß ich, wo ich bin in der Welt? Im Laden ist es, unberufen, eine Enge, man sollte davor bewahrt bleiben. Und er, mein Schicksal, steht mit verschränkten Armen wie ein entfernter Verwandter. Ich bitte ihn um Erbarmen: Nimm, trag zwei frische Hörnchen heim.

Vielleicht will sie essen ... Iß, Rochele, iß, gute Hörnchen! Ich kauf Hörnchen immer nur bei Lejzich, ich nehm sie von keiner anderen Jüdin, und wenn man mir die Stube mit Gold vollschütten wollte. Gott möge ihr wahrhaft beistehen. Wieviel leidet sie unter diesem Säufer von einem Mann? Warum den die Erde noch trägt, das versteh ich nicht, eine Schande für den Vater in jener Welt ... Ja, was wollte ich sagen? Leider, der Kopf ist mir so zerschlagen ... Still, da kommt sie schon, diese Schönheit von Magd. Wo bist du gewesen, Mädchen?«

Und es ergeht ein neues Register von Flüchen und Drohungen wegen Rochels Milch, wegen Rochels Zichorienkaffee, wegen Rochels Frühstück – nun, Rochel hält das ganze Haus am Brodeln. Sogar der Schwiegervater, der immer mit sich und seinen Geschäften vollauf zu tun hat, sieht ständig nach ihr und fragt nach ihr.

Die ganze Besorgtheit und der Wirbel um sie war Rochel eigentlich recht peinlich. Es schien ihr unnatürlich. Und, um die Wahrheit zu sagen: Rochel war ihnen viel weniger zugetan als umgekehrt.

Wenn wir »ihnen« sagen, meinen wir den Schwiegervater und die Schwiegermutter. Mojsche-Mendel, die Hauptperson, werfen wir aus der Liste heraus. Denn zwischen den jungen Leuten waren die Beziehungen so gelagert, daß man sie weder gut noch schlecht nennen kann. Das junge Paar hat miteinander nicht viel geredet, und auch nicht reden können. So ein junger Mann wie Mojsche-Mendel wird doch nicht anfangen, sich mitten am Tage zu Hause hinzusetzen und mit seinem Weibe zu schwätzen. Und am Abend, wenn sie schon mal eine Minute allein waren, währte es wirklich nicht länger als einen Augenblick, schon kam Reb Eisik-Naftoli bei den Kindern hereinsehen, oder Dwossje-Malke kam mit einem Kännchen, einem Töpfchen, einem Glas oder einer Schale.

»Das ist eine wunderbare Sache, Rochele, versuch mal von diesem Eingemachten.«
»O weh, ich hab doch schon hundertmal von diesem Eingemachten gekostet, Schwiegermutter!«
»Was für ein Possen! Geh schon, geh, Kind, was redest du! Hier diesem Eingemachten hast du noch nie in die Augen gesehen.«
Und Rochel überwindet sich und kostet wieder von dem Eingemachten, das ihr schon zum Hals heraushängt.
»Einen Donner erleb ich, Rochele, du bist schon ganz ausgehungert. Guck mal, wie ein Mensch ißt! Wovon du lebst, weiß ich nicht. Aufs Wort, man wird dich sehen, jemand von Jehupez, und man wird mich ausschelten: Eine schöne Schwiegermutter! Und man wünscht mir ein Geschwür in die Leber. Man wird sagen: Fein aufgepäppelt ist die Schwiegertochter, und gönnt mir einen Strick an den Hals. Weh ist mir, iß etwas, wenigstens aus Pflichtgefühl!«
»Laßt mich in Ruhe, Schwiegermutter, ich bitt Euch. Ich bin satt, geb Gott, bis ans Lebensende.«
»Nun, tu es mir zuliebe, Tochter! Man tut auch mal was seiner Schwiegermutter zuliebe, denk, ich bin eine Mutter, und nimm einen Bissen, tu mir den Kummer nicht an!«
Und Rochel würgt noch einen Bissen und noch einen Bissen hinein, und es packt sie der Ekel an solcherart Leben, obwohl sie ganz gut weiß, daß man ihr gewogen ist, hingebungsvoll bis zum letzten. Wenn sie sagen würde, sie will den Mond vom Himmel, sie würde ihn bekommen.
Was heißt, es gibt eine Ausrede? Rochel will – dann muß es sein.
Doch ein Mensch ist kein Ochse, keine Gans, die sich mit gutem Futter zufriedengibt. Ein Mensch braucht ein wenig Freude. Wenn man ihm jeden Schritt hinter-

herläuft, überall den Staub wegbläst, wo er einen Fuß hinsetzt, seine Tritte zählt, auf jeden Bissen achtet und auf jeden Schluck, über ihm hängend, wenn er sitzt, über ihm sitzend, wenn er schläft – mit einem Wort: er soll sein Leben ganz in fremde Hände geben und selber gar nichts tun dürfen ... In solch trauriger Lage fand sich Rochel zu jener Zeit, in der sich diese Geschichte ereignete.

Rochel hatte freilich niemanden, bei dem sie sich beklagen konnte. Vater und Mutter glaubten, sie sei glücklich, und schrieben ihr Briefe, in denen viel von Freude, Vergnügen und vom Segen Gottes, gelobt sei er, die Rede war, der sie so reich beglückt hat. Und Rochels Briefe an die Eltern waren ebenfalls angefüllt mit Segen und Glück, Freude und Vergnügen, mit »gelobt sei Gott« und »daß es in Zukunft nie schlechter werden möge«, und sie endeten stets mit »Glück und Freuden« und »fröhlichem Herzen, Amen, Sela«.

Tief im Herzen aber trug sie einen Verdruß über Mojsche-Mendel, weil er sich von ihr fernhielt und gleichsam über sie erhob, wie es die Art eines jüdischen jungen Mannes und Kleinods ist, der sich nicht bis zu seinem Weibe herablassen kann. Es ergibt sich bei ihm nicht so einfach und wäre ihm sehr unangenehm. Innerlich aber war ihr Mojsche-Mendel gar nicht feindlich gesonnen, im Gegenteil. Er liebte sie treu und wahr und echt. Einmal war Rochel etwas krank geworden und lag ein paar Tage im Bett. Damals wich Mojsche-Mendel die ganze Zeit nicht von ihrer Seite, seufzte, blies Trübsal und ging wahrhaftig fast zugrunde.

»Erbarmen mit einer lebendigen Kreatur«, sagte er zu seiner Mutter mit tränenden Augen, »man muß den Arzt rufen, oder den Feldscher! Ich kann nicht mit ansehen, wie sie, leider, in einem Höllenfeuer liegt. Erbarmen mit einer lebendigen Kreatur!«

Am dritten Tag ging es Rochel besser. Doch Mojsche-

Mendel wich nicht von ihr. Und da, am Kopfende sitzend, hatte Mojsche-Mendel eine gute Gelegenheit, ein wenig Zeit zu vertun und mit seiner schönen lieben Rochel zu reden. Beide hatten große Lust darauf, das muß man der Wahrheit halber sagen. Mojsche-Mendel rückte eng an sie heran, so nahe, daß ihr schöner Kopf, der von einem weißen Tüchlein nur halb bedeckt war, fast auf seinen Händen lag ...

Rochel hob ihre blauen Augen zu Mojsche-Mendel und wartete, ob er ihr etwas sagen würde. Mojsche-Mendel hielt die Augen gesenkt. Aber als sie den Kopf zum Fenster drehte, guckte er sie an, und als sie ihn anblickte, drehte er den Kopf zum Fenster – und so warfen sie sich eine Zeitlang wortlos Blicke zu. In dem ganzen Jahr seit der Hochzeit hatte das Paar jetzt zum erstenmal Gelegenheit, allein miteinander zu reden. Aber sie konnten es nicht nutzen, sie wußten nicht, wie sie ein Gespräch beginnen sollten. Rochel als Frau hatte das Recht zu warten, bis er etwas sagen würde; und er, Mojsche-Mendel, als feiner junger Mann, wartete, bis sie etwas sagen würde. Und inzwischen schwiegen sie beide und warfen sich Blicke zu.

»Was ist, Mojsche-Mendel?«

»Was heißt: Was ist?«

»Was guckst du?«

»Wer guckt?«

»Du guckst?«

»Ich guck?«

»Wer guckt dann?«

Rochel dreht sich mit dem Gesicht zur Wand, und Mojsche-Mendel nimmt sein Bärtchen zwischen die Zähne, guckt Rochel lange lange an und seufzt, bis sie den Kopf zu ihm wendet und ihn ertappt, wie er sie anguckt und seufzt.

»Was ist, Mojsche-Mendel?«

»Was heißt: Was ist?«

»Was seufzt du so?«
»Wer seufzt?«
»Du seufzt.«
»Ich seufze?«
»Wer seufzt dann?«
Und das Paar fällt wieder in Schweigen. Mojsche-Mendel rückt noch näher heran, räuspert sich und will zu reden anfangen.
»Hörst du, Rochel, über das, was du sagst, meine ich ...«
Plötzlich öffnet sich die Tür, und Dwossje-Malke kommt lärmend herein:
»Was denn, ich hab nicht gewußt, daß gekochte Truthähne auseinanderfallen. Wo ist denn hier eine Schale oder ein Teller? Truthähne hat er sich gewünscht ... Wie geht es dir, Rochel? Du weißt, was ich dir sagen will? Ich dachte mir schon, daß es bei dir das Fieber ist. Ich seh, es ist eine Art Fieber bei dir! Ich hab dir doch gesagt: Steh nicht draußen ohne Schal! Immer wieder. Ich habe nach Jekussiel dem Feldscher geschickt; Eisik-Naftoli selber ist zu Jekussiel gegangen.«
»Warum, Schwiegermutter? Es wird vorbeigehn.«
»Bei dir geht alles vorbei – schönes Vorbeigehn! Geh schon, geh, Kind, was du redest ... Darf man sich ein bißchen dazusetzen ...«
Und Dwossje-Malke rückt einen Schemel ans Bett und setzt sich.
»Weißt du was, Mame«, ruft plötzlich Mojsche-Mendel, »weißt du was? Geh besser in den Laden, ich werd schon hier sitzen.« Und seine Augen begegneten Rochels Augen, und er las darin: Oh, Mojsche-Mendel, du hast es getroffen!
»Weiß ich, was du redest«, antwortet ihm Dwossje-Malke und rückt noch näher ans Bett heran. »Geh in den Laden? Was hab ich dort verloren? Die heutigen großen Gewinne, Stein und Bein geklagt, ich gönne sie

herzlich allen meinen Feinden! Geh lieber du, Mojsche-Mendel, zu mir ins Schlafzimmer und leg dich auf Vaters Bett. Du hast doch die ganze Nacht nicht geschlafen!«

Und so lebte das glückliche Paar in Fesseln, wohlversorgt, aber ohne eine freie Minute, unter beständiger Obhut der guten Eltern und Schwiegereltern. Und weder der Mann noch die Frau machten eine Angelegenheit daraus, weder er noch sie haben vor dem andern daran erinnert.

Für Mojsche-Mendel geht es, wie es geht: er guckt in ein Buch, mischt sich in die Geschäfte des Vaters, hat seine jungen Leute, mit denen er im Lehrhaus oder auf dem Markt manchmal einen Possen treibt; mit einem Wort: Mojsche-Mendel lebt, wie es geht.

Rochel aber lebt gar nicht: sie ißt und trinkt, kostet zwanzigmal am Tag vom Eingemachten der Schwiegermutter, taucht keine Hand in kaltes Wasser, trifft mit niemandem zusammen – denn Eisik-Naftolis Schwiegertochter kann nicht mit irgend jemand zusammentreffen, und irgendwer wird sich nicht mit Eisik-Naftolis Schwiegertochter treffen, denn der Irgendwer hält sich für viel angesehener und reicher und schöner als Eisik-Naftoli, und Eisik-Naftoli hält sich für angesehener und reicher als alle Bürger von Masepewka – und so verbringt Rochel ihre Jahre und Tage wie im Gefängnis: wieder essen, wieder schlafen, wieder das Kännchen Kaffee, wieder die liebe Schwiegermutter mit dem Eingemachten, und so weiter ein ganzes Jahr hindurch ...

XII. ROCHEL SINGT

In solcher Lage fand sich unsere Rochel zu jener Zeit, als wir sie auf der Hochzeit von Chajm-Benzions Tochter Riwkele beim Schleier-Mahl trafen, draußen vor der Tür den Markt von Masepewka betrachtend mit seinen Läden, mit den Marktfrauen, mit dem Wagen, den unförmigen Ochsen und dem Bauernjungen samt seinem großen Hut.

In dieser Lage fand sich unsere schöne Rochel zu jener Zeit, als sie zum erstenmal das zauberhafte Spielen eines gewissen Stempenju gehört hatte.

Musikhören, das liebte Rochel sehr. Der Musikant, von dem sie lernte, war von jeher das Leben gewesen. Hat sie irgendwo ein neues Lied singen oder spielen hören, nahm sie es sofort auf und sang es mit ihrer schönen, sanften Stimme. Darüber freuten sich ihre Eltern sehr: Sie hat den Kopf eines Mannsbilds! Ein Glück, daß sie als Frau geboren wurde, andernfalls hätte sie eine Welt versengt.

Es zeigte sich, daß ihre Eltern durchaus begriffen hatten, welche Kraft in ihrer Tochter steckte, eine Art Ding, das wir in heutigen Zeiten ein Talent nennen. Aber zu jener Zeit war es für Rochels Eltern klar, daß die Kraft des Aufnehmens und Nachsingens in ihrem Kopf steckte, weil sie den Kopf eines Mannsbilds hatte. Der Kopf spielt bei uns Juden die größte Rolle, mehr als alle zweihundertachtundvierzig Glieder. Ein Kopf, ein Köpfchen, das ist bei uns die kostbare Hauptsache.

Doch wie es so geht – bis zum 15. oder 16. Jahr hat Rochel gesungen wie ein freies Vögelchen; wo sie ein Kantorenliedchen, ein »Wir heiligen deinen Namen«, einen »Wie der Hirt seine Herde prüft«, einen chassidischen Gesang oder irgendein Musikantenstück hörte, sang sie mit ihrer klaren Stimme nach, und es war eine Erquickung der Seele, es zu hören. Doch kaum war sie Braut geworden, sagte ihr die Mutter:

»Pfui, Tochter, genug tiriliert. Du kommst zu den Schwiegereltern in Kost, da wirst du dich doch nicht plötzlich hinsetzen und vor dich hinbrummeln – was würde das bei den Leuten für einen Eindruck machen ...«

Rochel, versteht sich, hat verstanden, daß es sich nicht gehörte, und hat aufgehört zu singen. Aber gänzlich hat sie doch nicht aufgehört; denn von ganz allein, ohne ihren Willen, kam öfter ein Gesang aus ihr, wohl aus Gewohnheit. Und welche Schuld trägt sie, wenn es einfach aus ihr singt? Wenn man sieht, woher das Wasser läuft, kann man zustopfen; aber wenn man nicht sieht und nicht weiß, woher etwas kommt, was kann man tun? Nicht nur in der Brautzeit, sogar nach der Hochzeit geschah es ihr etliche Male, daß sie vergaß, wer sie war, und zu singen begann wie einst, und sich wie in ihrer Mädchenzeit dem Gesang hingab. Rochel vergaß sogar, daß die Schwiegermutter in der Stube war und jedes Wort hören mußte, das sie da sang:

»Ach, und dort, und dort,
da an jenem Ort
sitzen Täubchen zwei, zwei.
Sie tuscheln und sie küssen sich –
welch Geheimnis haben sie?
Sie küssen sich und tuscheln viel ...

Ach, ein Donner auf mich, da hast dus!« schrie Rochel auf, als sie plötzlich die Schwiegermutter sah.

»Macht doch nichts, macht doch nichts«, so hat die Schwiegermutter sie beruhigt, stellte sich unwissend, schneuzte die Nase und guckte in ein Glas Eingemachtes. »Siehst du, Rochele, ich fürchte, unsere Stachelbeeren werden anfangen zu gären. Ich hab schon vor

Jahren solch eine Strafe erlebt: mehr als ein halbes Pud ist mir auf diese Weise schlecht geworden.«

Und vor Mojsche-Mendel hätte Rochel für alles Geld nicht gesungen: es ist etwas sehr Närrisches und Peinliches, vor den Augen eines Mannes den Mund aufzureißen und zu singen. Es kann sein, Mojsche-Mendel hätte es gar nicht abgelehnt oder hätte es sogar mit großem Interesse angehört. Einigemal hatte er sie singen gehört und wußte, ihre Stimme war zuckersüß. Aber welches Ansehen hätte er vor sich selber gehabt, wollte er sich plötzlich daheim hinsetzen und zuhören, wie seine Frau Liedchen singt? Ein schönes Benehmen für einen würdigen jungen Mann! Wenn er sie zufällig hörte, warum denn nicht – und es ergab sich nur sehr selten –, dann pflegte Mojsche-Mendel stehenzubleiben, aufmerksam zu lauschen, sich zu räuspern zum Beweis, daß er sozusagen eben erst gekommen ist, und in die Stube zu treten, als wüßte er von nichts.

So lebte Rochel ein rundes Jahr allein unter guten, freundlichen Menschen, die ihr sehr ergeben waren. Und man konnte nicht sagen, daß es ihr gut ging, und man konnte nicht sagen, daß es ihr schlecht ging. Sie fühlte sich unter den Angehörigen fremd, unter den Verwandten einsam, unter den guten und treuherzigen Leuten verlassen. So saß sie sorgenvoll über einer Näharbeit und sang, wie es ihre Art war, vor sich hin. Plötzlich bekam sie eine Herzbeklemmung, und sie fühlte sich fortgezogen, dorthin, wo sie ihre Kinderjahre verbracht hatte.

»Es flogen, es flogen
die goldenen Vögel
über alle Meere;
o grüßt mir doch,
ihr goldenen Vögel,
meine herzliebe Mutter!

Es flogen, es flogen
die goldenen Vögel
über alle Flüsse;
o grüßt mir doch,
ihr goldenen Vögel,
meinen herzlieben Vater!«

Dwossje-Malke liebte es, sich auf Zehenspitzen hereinzuschleichen, um zu hören, was die Schwiegertochter sang.
»Was ist mit dir, Rochele, hast du Heimweh?«
»Ach nein, Schwiegermutter, bloß so«, antwortete Rochel lächelnd und wischte sich die Tränen ab.

XIII. STEMPENJUS BRIEF

Wir hatten Rochel verlassen, als sie während des Schleier-Mahls vor der Tür stand und auf den großen Marktplatz der Stadt Masepewka blickte, vertieft in jene Gedanken, von denen wir oben berichtet haben. Ihr Denken ist aber sehr rasch von unserem frechen Burschen, dem Stempenju, in Anspruch genommen worden.
Dieser feine Kerl, der ein Auge auf sie geworfen hatte, bemerkte sehr wohl, wie sie vom Tisch aufstand und hinausging. Er wartete ein wenig, ging ebenfalls hinaus und stellte sich vor die Tür, wo er sofort mit Rochel ein Gespräch anfing: über seine Stadt Masepewka und ihre Stadt Jehupez, die er gut kannte mit allen Brücken und Sehenswürdigkeiten – er war gut eingetunkt, wie man sagt. Er sprach über die Stadt Skwira, denn er wußte

inzwischen, daß sie früher einmal in Skwira gewohnt hatte. Rochel antwortete auf zehn Worte eines.

Stempenju fragte sie: »Was ist der Grund, daß man Euch nie spazierengehen sieht, nicht am Schabbes und nicht am Festtag? Ihr seid schon fast ein Jahr hier, länger als ein Jahr, und man sah Euch noch nie auf der Berditschewer Gasse. Ihr habt Euch so fern am Ende der Stadt versteckt, und ich wußte gar nicht, daß Ihr hier seid. Erst gestern hab ich es erfahren, als ich Euch sah ... Ich hab noch gestern ein bißchen mit Euch reden wollen, aber es war unmöglich. Ihr kennt doch unsere jüdischen Städtel. Sobald man anfängt zu reden, kommt man in die Mäuler ... Hört auf mich und geht am Schabbes in der Berditschewer Gasse spazieren. Dort ist die ganze Stadt ... Um Gottes willen, hört Ihr mich? Um Gottes willen, seid am Schabbes auf der Berditschewer Gasse!«

Rochel fand keine Zeit, ihm zu antworten. Denn ihre getreue Schwiegermutter Dwossje-Malke hatte bemerkt, daß die Schwiegertochter nicht bei Tische war, lief sie suchen und sah sie draußen vor der Tür mit Stempenju stehen. Einen Augenblick wunderte sie sich ein bißchen: Was hat sie mit ihm? Aber Stempenju, der in solchen Dingen ein Zauberer und ein großer Könner war, wandte sich sofort an Dwossje-Malke mit den Worten:

»Wir reden über die Hochzeit, über des Rebben Hochzeit in Skwira. Eure Schwiegertochter war damals noch ein Kind, als ich auf des Rebben Hochzeit gespielt hab; sie kann sich nicht an des Rebben Hochzeit erinnern.«

»Das versteht sich. Wie kann sie sich erinnern?« hat ihm Dwossje-Malke geantwortet. »Aber ich erinnere mich gut, ich war damals mit meinem Mann dort und hab im Feld genächtigt, so eine Enge war damals in der Stadt.«

»Was wißt Ihr von Enge damals, ich werd es Euch genauer erzählen«, antwortete ihr Stempenju und zog sie in ein langes Gespräch über viele verschiedene Angelegenheiten, und so kam er mit ihr ins Schwätzen. Und Rochel konnte sich inzwischen abwenden und zur Braut zurück in die Stube gelangen.

Wir sagten vorhin, Stempenju verstand zu reden. Wir können nun einen weiteren Vorzug hinzusetzen: er konnte mit alten Weibern reden, plappern und, wenn es sein mußte, ihnen den Mund zuschütten. Man brauchte ihn auch nicht in die Zunge zu picken, er beherrschte sein Handwerk. Ein gelernter Hexenmeister, sagt die Welt, ist schlimmer als ein geborener. Er war in seiner Arbeit ein heller Kopf, hat eine gute Schule durchlaufen, wie wir weiter sehen werden.

»Eine Frechheit«, sagte sich Rochel tief im Herzen, »er sagt mir, ich soll, um Gottes willen, am Schabbes bei Tage auf der Berditschewer Gasse sein. Um Gottes willen? Anders tut er es nicht. Was für eine Idee! Das kann nur ein Musikant!«

Mit solch wütenden Gedanken ist Rochel von der Hochzeit heimgelangt. Und als der liebe heilige Schabbes kam, als der Schwiegervater und die Schwiegermutter und auch Mojsche-Mendel sich zur Ruhe gelegt hatten, um vom süßen Schlaf ein wenig Schabbesgenuß zu gewinnen (wie er den Juden seit alten Zeiten teuer ist) – da hat sich Rochel, wie es ihre Art war, allein ans Fenster gesetzt, hinaus auf die Gasse geguckt und sich unter der Nase ein Liedchen gesummt. Dort auf der Gasse sah sie, wie an jedem Schabbes, blankgewaschene und gekämmte Mädchen, mit roten und blauen Bändern in den Zöpfen, mit rot gelb grünen modischen Kleidern, mit Handschuhen und mit neuen, glänzenden Schuhen auf knarrenden Sohlen. Da gehen sie hin, um auf der Berditschewer Gasse zu spazieren. Dort wollen sie einander ihre roten und blauen

Bänder, ihre roten, gelben und grünen Kleider zeigen. Dort wollen sie, imVorbeigehn und von weitem, wie es bei uns Sitte ist, einen Blick auf die Burschen werfen, auf die hübschen Burschen in ihren Kattun-Überrökken, mit den langen Hosen und den glänzenden Mützenschirmen der Schabbesmützen.

Dort werden sie höchst sittsam die Augen niederschlagen, und ihre Bäckchen werden sich vor Scham röten, und ihre Herzen ... Mit einem Wort, dort ist fröhliches Leben.

Rochel weiß das recht gut; warum soll sie es nicht wissen? Sie war doch auch einmal ein Mädchen mit roten und blauen Zopfbändern und spazierte mit vielen Mädchen am Schabbes auf der Gasse, aber heute? Rochel guckt sich um, alle schlafen und schnarchen tüchtig, alle! Nur sie allein sitzt hier wie unter Toten, wie unter wahrhaftig Gestorbenen, und preßt ihren Kopf in die Hände und grübelt. Und es fällt ihr ein altes Liedchen ein, das sie als Mädchen gesungen hat:

»Eine allein,
einsam wie ein Stein ...
Ich kann mit keinem reden,
nur mit mir allein,
einsam wie ein Stein,
ich kann mit keinem reden ...«

»Gut Schabbes!«

Rochel hob den Kopf und sah – Stempenju!

»Einen guten Schabbes, sag ich.«

»Was ist los, wo kommt Ihr her?« wollte Rochel fragen und sich vom Fenster zurückziehen.

»Gut Schabbes, gut Jahr«, gab sie ihm Antwort und nahm die Farbe einer roten Rübe an.

»Ihr habt Euch nicht dran gehalten und seid nicht auf die Berditschewer Gasse hinausgegangen? Ich hab umsonst nach Euch ausgeschaut. Ich hab ... ich bin ... Da, lest!«

Stempenju übergab Rochel einen zusammengefalteten Bogen Papier und verschwand wieder.

Rochel hielt das Papier lange, lange in ihren Händen, wußte nicht, was sie damit tun, verstand nicht, was es bedeuten sollte – »womit ißt man das?« Als die erste Überraschung vorbei war, nahm sie den Bogen, es war Notenpapier, und fand dort große Schriftzeichen in gewöhnlichem Jiddisch, mit vielen Fehlern geschrieben:

»mein lipstir aingel von himel wenn ich hob dain lechtig gestald dersihen is mer geworin lichtik on maine bede ogen in a lechtig veuer tut main harz prennin von gros lipschaft tzu dir main sele wos daine himil ogen habin mech mid dain scheen lechtig gestallt zi sech guzogin fonn erschtir stunt bid main lebinn vun main lebin fun main harz mein seli unnt tu nid schloffen in traom dich sehinn ohn dir is di lechtige sonn finstir inn maine aigin unn dirr imir libin unn med dir lebinn dein dech ouf imir libindir wos caput geht nach deine tritte un dich fun waitin küssen daine schain oigin

Stemp.«

XIV. VON DER PRINZESSIN ZURÜCK ZUM PRINZEN

Wollen wir die Prinzessin verlassen und zum Prinzen zurückkehren; wollen wir Rochel vernachlässigen und über Stempenju reden.

Es ist wahr, dieses Briefchen Stempenjus, das wir oben Buchstabe für Buchstabe wiedergegeben haben, war nicht sehr kunstvoll. Aber was kann man tun? Stempenju war zweifellos ein Held, ein schöner Bursche, ein Satanskerl, aber ein Schreiber war er nicht. Geht und macht was. Sein Vater, Friede sei mit ihm, Berl Baß, als er sah, wie Stempenju Lust am Spielen hatte und kein Wort lernen wollte – da half kein Braten und kein Brennen –, nahm ihn gleich ins Handwerk und prüfte ihn erst einmal auf allen Instrumenten, bis er bei der Fiedel ankam. Und Berl Baß, der außer Stempenju noch weitere Musikantenkinder hatte, sagte nachdrücklich, in Stempenju fände sich eine Ader vom Großvater Reb Schmuelik Trompeter (der den großen Fiedler Paganini persönlich gekannt hatte). Und mit 12 Jahren konnte Stempenju schon vor einer Braut spielen und tatsächlich eine ganze Hochzeit bewältigen.

Dafür liebte ihn Berl Baß mehr als seine andern Kinder, die abgerissen und verschlissen herumliefen oder einfach nackt und barfuß. Aber Berl Baß war ein strenger Lehrer und pflegte Stempenju am Ohr zu ziehen, ihn halbtot zu schlagen, ihm die Knochen zu brechen – dennoch war Stempenju bei ihm der Auserwählte, das Juwel, ein ganzes Vermögen fürs Alter. Er pflegte auf Stempenju zu weisen und zu sagen, halb in Musikantensprache und voller Stolz: »Seht, ihr Bastarde, dieser Pitiukel dort wird mir zu papen geben im Alter, nicht schlecht, ich kann mich auf ihn verlassen.«

Dem alten Berl Baß sollte es jedoch nicht beschert sein, im Alter seinen geliebten Sohn bei sich zu sehen. Stempenju war mit 15 Jahren ausgerissen, einen Dreier im Beutel und eine alte, zerbrochene Fiedel unter dem Rock – er wollte durch die Welt wandern. Und er hat sich herumgetrieben, wo ihr wollt, in vielen Städten und Städtchen, mit vielen unterschiedlichen Musikantentruppen. Länger als ein halbes Jahr hielt es Stempenju an keinem Ort aus. Es zog ihn immer weiter und weiter: von Masepewka nach Stepewka, nach Korez, von Korez nach Balta, von Balta nach Alt-Konstantin und von dort nach Berditschew, und weiter und weiter bis Odessa. Und von Odessa wieder zurück – wieder durch die Städtel, wo man sich hören lassen, einen Namen und einen Ruf erwerben konnte.

Und es war tatsächlich so: an jedem Ort, in den Stempenju kam, hatte man schon von ihm gehört – die Juden hatten gehört, es fahre ein gewisser Stempenju in der Welt herum, der mit seinem Spielen die Welt verschwinden macht. Deshalb ist leicht zu verstehen, daß in jeder Stadt, wo Stempenju mit seiner Kapelle eintraf, große Aufregung herrschte. Denn Stempenju, versteht ihr, hatte mit 18 Jahren schon eine eigene Gruppe, fuhr herum und bespielte nur gewisse reiche Hochzeiten. Und so hat Stempenju mit der Zeit alle anderen Gruppen ausgestochen, zum Beispiel die »Konotoper Musikanten«, die ebenfalls einen großen Namen hatten, die »Smelaer«, die »Winizer«, die »Schargoroder« und noch viele berühmte Truppen, die in der Welt umherzogen.

Es versteht sich, daß Stempenju sich auf diese Weise keine guten Freunde erworben hat. Denn er hat den Musikanten die besten Bissen aus den Mäulern gerissen, und man pflegte genug Unfälle und Plagen auf seinen Kopf herabzuwünschen. Öffentlich hat man ihm geschmeichelt, aber im Herzen hatte man Abscheu vor ihm. Jeder Musikant wußte: kaum nimmt Stempenju die Fiedel zur Hand, können sich alle andern Musikanten schlafen legen.

Die Musikanten, so müßt ihr wissen, lieben seit jeher maßlose Übertreibungen, wunderliche Geschichten und abenteuerliche Legenden. Über Stempenju erzählte man überall schreckliche Phantastereien, und über seine Fiedel sagte man, sie stamme von Paganini selber.

Wenn man hörte, Stempenju mit seiner Kapelle werde kommen, haben ihn die Stadtmusikanten gewöhnlich verflucht, und bei ihren Frauen hat es gar Flüche geregnet, man möge von ihm verschont bleiben. Ein ganzes rundes Jahr hatte man geharrt und gehungert, geborgt und verpfändet, man aß die eigene Haut und hoffte, Anfang des Monats Elul würde es eine Hochzeit beim Reichen geben. Am Ende kommt so ein verdammter Teufel, ein Stempenju, und reißt einem den Bissen aus den Zähnen. Der Schlag soll ihn treffen!
Aber er hat sich keine wirklichen Feinde erworben, er war ein guter Bruder. Wenn die Hochzeit zuende bespielt war, lud er sich die Stadtmusikanten zu Gast und gab ein großes Essen, geizte nicht mit Schnaps, spendierte reichlich, bezahlte und teilte vor der Abfahrt an die Kinder Geschenke aus – mit einem Wort, sehr großzügig und vornehm.
»Hört ihr«, haben die Musikanten nachher unter sich geredet, »eine jüdische Seele kann man nicht ergründen.«
Aber reichlicher als bei allen andern fand Stempenju Gnade in den schwarzen oder blauen Augen der Musikantentöchter, der Mädchen, an die er sich überall heranmachte. Und wenn er solch einer Musikantentochter schwor, er sei bis zum letzten in sie verliebt, durftet ihr ihm glauben, daß er während dieser Geschichte wirklich in sie verliebt war (Musikanten haben meistens schöne Töchter). Aber kaum war Stempenju über die Stadtgrenze gefahren, war seine Liebe in Wind und Rauch verflogen. Und in der nächsten Stadt hatte er sich bald wieder in eine Musikantentochter verliebt, und wieder geschworen, daß er sie liebt bis in den Tod. Er schenkte ihr Geschenke, nahm Abschied und fuhr davon – und wieder dieselbe Geschichte …
Man kann nicht sagen, daß solche Liebesgeschichten immer ohne ein schlimmes Ende blieben – gewöhnlich

für sie, für die Braut ... Es ist wahr, viele seiner Bräute haben Stempenju und alle seine Überreste schnell vergessen und hielten Hochzeit mit einem andern Musikanten. Aber etliche sehr eigensinnige Mädchen glaubten fest, dieser Satanskerl werde zurückkommen – wenn nicht heute, dann morgen, wenn nicht morgen, dann übermorgen –, bis sie allmählich austrockneten und wie ein Licht verlöschten. Zur gleichen Stunde, wenn sich Stempenju irgendwo heimlich in einem finsteren Häuschen mit einer Musikantentochter küßte, in derselben Minute lag eine seiner Bräute, das Gesicht in die Hände gepreßt, und beweinte ihr finsteres Los: daß ihr Geliebter sie vergessen und verlassen hat und nicht mehr an sie denkt ... Solch eine unglückliche Braut ließ Stempenju in vielen Städtchen zurück, die er mit seiner Gruppe durchfahren hatte.
Aber nicht immer hat man so viel Glück. Einmal geschieht es, und man trifft auf solch eine üble Frau, daß man davon singen und sagen kann. Unsern Stempenju traf ein Unglück, mit dem er nie gerechnet hatte: er mußte Hochzeit halten, obwohl er dagegen einen starken Widerwillen empfand.

XV. STEMPENJUS UNVERHOFFTE HEIRAT

Und es geschah, daß Stempenju mit seiner Kapelle nach Masepewka kam und drei Hochzeiten bespielte, diesmal gemeinsam mit den Stadtmusikanten – die mit Forderungen gekommen waren und ihm gedroht hatten, sie würden andernfalls ihm mitsamt seiner Truppe die Knochen brechen ... Und sie würden ihr Verspre-

chen sehr zuverlässig erfüllt haben, hätte sich Stempenju, der ja überhaupt ein gutes Herz besaß, nicht für die Gemeinsamkeit entschieden.
Von einer Hochzeit zur andern dauerte es ein paar Tage, und Stempenju hatte inzwischen Langeweile und machte sich mit der Tochter von Jeschajke dem Fiedler bekannt, einem feinen Mädchen um 22, schwarz und füllig. Und er hat sich richtig in sie verliebt, wie es seine Art war: Küsse und Zärtlichkeiten, Geschenke, Vertraulichkeiten, ja eine halbe Hochzeit. Und als die Zeit des Abschieds kam, sagte ihm das schwarze Mädchen (Frejdel war ihr Name), er solle keine Geschichten machen, sondern den Verlobungsvertrag schreiben, wie es der Brauch ist. Stempenju, der so etwas nicht gewöhnt war, sträubte sich und verdrehte die Zunge im Munde; aber kein »Herr der Welt« hat ihm geholfen. Frejdel war ein Kosak von einem Mädchen und hat ihn in ihre Hände genommen – nur keine Geschichten! –, so daß er sich nicht herauswinden konnte. Und es fand zu glücklicher Stunde das Verlobungsmahl statt. Die Musikanten machten zu Ehren des berühmten Bräutigams einen mächtigen Lärm, und im Hause des Fiedlers war drei Tage lang Jubel und Freude, bis der liebe Bräutigam mit allen lieben Gästen davonfuhr in die nächste Stadt, und so weiter wie gehabt.
Nach seiner Gewohnheit vergaß Stempenju bald die Hochzeitsvereinbarungen mit dem schwarzen Mädchen und alles, was damit zusammenhing. Und er tat das Seine, das heißt, er betrieb in allen Städtchen seine Liebesgeschichten, wie er es gewöhnt war. Und so ist er mit seiner Kapelle von Stadt zu Stadt gefahren, hat Hochzeiten bespielt und einen guten Tag gelebt. Aber plötzlich ... Es gibt kein ewig Ding auf der Welt. Alles hat seine Zeit. Und auch für Stempenju war seine Zeit gekommen. Ein böser Schlag hat ihn getroffen, ein

Unglück hat sich auf seine jungen Jahre gelegt. Hört von einem Unglück!
Einmal, bei einer Hochzeit in einem Städtchen irgendwo in Kleinrußland, und man steckte gerade mitten in einer Liebe zu der Tochter von Herschke dem Flötenspieler (ein sehr schönes Mädchen!), und Stempenju versprach ihr, er werde sie gewiß nehmen – da kam Mechtschi Pauker mit seinem schläfrigen Gesicht, winkte Stempenju zu sich und brummte unter der Nase:
»Geht, Stempenju, dort im Haus wartet auf Euch eine Schechtel.«
»Ein Mädchen? Was für eine Schechtel?«
»Ein schwarzes Mädchen mit grünen Augen.«
Und Stempenju ging ins Haus und sah das schwarze Mädchen: Jeschajke des Fiedlers Tochter, seine Braut Frejdel!
»Was guckst du mich so an, Stempenju, erkennst du mich nicht? Gelt? Seht nur, wie er blinzelt, wie er guckt! Das bin ich, Stempenju, ich, Frejdel, deine Braut, Tochter von Jeschajke dem Fiedler.«
»Wie? Ich weiß. Was denn, ich weiß nicht? Ich weiß, ich weiß wirklich. Aber wie kommst du hierher? Von wo kommst du?«
»Wie ich herkomme? Mit den Füßen, Stempenju, mit den Füßen. Kaum konnte man sich herfragen bis zu Herschke dem Flötisten. Von wo, fragst du? Von daheim komme ich.«
»Nun, was hört man von daheim? Wann bist du losgefahren?«
»Was soll ich hören, Stempenju? Nichts Neues. Wann ich von daheim fort bin? Wohl vor sechs oder sieben Wochen. Wir sind gewesen, wo du nur willst. Und wo wir ankamen, sagte man uns: Er ist hier gewesen und weitergefahren. Mit sehr viel Mühen sind wir dann auf den richtigen Weg gekommen … Nun, was machst du so, Stempenju?«

»Was? Ich? Gar nichts, was soll ich machen. Komm, Frejdel, was stehen wir da herum«, hat er zu ihr gesagt, als er merkte, daß sich die Musikantentruppe rings um sie versammelte und das schwarze Mädchen mit den großen schwarzen Zöpfen und den grünen Augen neugierig musterte.

»Meinetwegen, gehen wir«, antwortete ihm Frejdel.

Und Stempenju zog den Überrock an, nahm sein Stöckchen zur Hand und machte mit der schwarzen Frejdel einen Spaziergang durch die Stadt. Stempenju blickte in die Runde, ob keiner ihr Gespräch mit anhörte, und wandte sich zu ihr, nun schon mit festerer Stimme:

»Sag mir mal, ich bitte dich: was heißt das?«

»Was heißt: was heißt das?«

»Daß du hierhergekommen bist.«

»So ein Spaß, guckt ihn an, angeblich weiß er nicht, ums Verrecken nicht.«

»Hörst du, Frejdel«, sagte ihr Stempenju, nun schon beherzter, »hörst du, Frejdel, ich kann es nicht leiden, wenn man mir solche Possen spielt. Ich frag dich, was du hier machst, und du treibst Späße mit mir?«

Frejdel blitzte das Feuer ihrer grünen Augen auf Stempenju, warf ihre langen schwarzen Zöpfe nach hinten, wandte sich ihm zu und sagte, nun ebenfalls ernst:

»Was ich da tu, willst du wissen? Ich bin zu dir gekommen, Stempenju. Du hast uns beim Verlobungsmahl versprochen, nach höchstens zwei drei Wochen schreibst du uns einen Brief wegen dem Hochzeitstermin. Wir haben gewartet und gewartet, länger als zwei Monate. Und als wir gesehn haben, von dir ist nicht die kleinste Nachricht gekommen, haben wir uns die Sache überlegt und sind in die Welt gefahren, den gestrigen Tag suchen, und sind dabei ans Ende der Welt gekommen, bis, sehr spät und nach vielen Leiden, Gott uns geholfen hat und wir ...«

»Wir, Frejdel, wer sind denn Wir? Immer sagst du: Wir sind gefahren, wir sind gekommen ...«
»Wir beide, das heißt ich und meine Mutter.«
»Deine Mutter?« schrie Stempenju auf und stand wie vom Schlag getroffen. »Deine Mutter? Was hat sie hier zu suchen?«
»Still, was schreist du so, Stempenju? Was denn, du meintest: allein? Ein Mädchen fährt nicht allein. Das wär ein Ding, aufs Wort.«
»Ja aber, was will sie von mir, deine Mutter?« fragte Stempenju und machte sich mit Frejdel auf den Rückweg.
»Eine Brautmutter, Stempenju, eine Brautmutter will sie dir sein, und später eine Schwiegermutter.«
»Anscheinend meinst du wirklich und wahrhaftig, Frejdel, daß wir Hochzeit machen?«
»Und du, Stempenju, meinst du das im Spaß?«
»Narrheit.«
»Was für eine Narrheit?«
»Sehr einfach: solch eine Absicht hab ich nicht einmal in meiner linken Ferse.«
Frejdel blieb eine Minute stehen und blickte Stempenju in die Augen. Dann sah sie sich nach allen Seiten um, und ganz ruhig wandte sie sich an ihn mit den Worten:
»Hör mal, Stempenju, glaub nicht, daß du ein Baby vor dir hast, das nicht Bescheid weiß. Ich kenne dich sehr gut, Stempenju. Ich weiß, du bist ein großer Scharlatan und liebst jede Woche eine neue Braut ... Aber es macht nichts – bis die Zeit gekommen ist. Du hast eine gute Natur, ein weiches Herz; du bist jemand, einer von zehntausend, spielst ausgezeichnet auf der Fiedel und kannst einem Weib Brot geben. Deshalb will ich dich, und deshalb werde ich mit dir Hochzeit halten, und wirklich bald. Und daß du dich dagegen sperrst, das ist umsonst. Es ist verlorne Mühe, Stem-

penju, glaub mir, beug dich zu mir her, ich sag dir ein Geheimnis ...«

Und die schwarze Frejdel raunte Stempenju ein Geheimnis ins Ohr, daß Stempenju an allen Gliedern zu zittern anfing. Er blieb stehen wie ein Golem aus Lehm, mitten im Weg, konnte den Mund nicht öffnen und kein Wort hervorbringen. Und da kam Mechtschi Pauker mit dem roten Kopf und sagte ihm, daß man ihn zum Reichen des Städtels bestellt habe, eine Hochzeit bespielen. Stempenju verabschiedete sich von Frejdel, indem er ihr zuwinkte und seufzte:

»Wir sehen uns noch, Frejdel!«

»Das ist keine Frage, ob wir uns noch sehen«, gab Frejdel zur Antwort und schied ganz zufrieden von ihrem lieben Bräutigam Stempenju.

Alle, die Stempenju zu jener Zeit auf der Hochzeit gesehen haben, wunderten sich über sein bleiches Gesicht und seine Niedergeschlagenheit. Er war gar nicht mehr der Stempenju von früher, diesen Prachtkerl hatte man in die Erde gelegt. Wie mit Händen waren seine Fröhlichkeit und sein Feuer erstickt worden. Denn Stempenju spürte, das süße Leben eines freien Vogels war zuende, das Joch würde er für immer und ewig auf seinen Hals nehmen. Ade, leuchtender Sommerabend, ade, ihr langen Spaziergänge vor der Stadt, mit einer Musikantentochter. Ade, lange duftende Zöpfe, fließendes offnes Haar und große braune Augen, ade, silberner Mond ...

Es ist wahr, Stempenju hat sich noch ein bißchen gewehrt, hat gezappelt wie ein Fisch im Netz, mit letzten Kräften, mit allen Mitteln; aber es half ihm so wenig, wie Schröpfköpfe einem Toten helfen. Frejdel und ihre Mutter verfolgten ihn wie jene Verstorbenen, die nachts im Traum zu uns kommen und uns vor das himmlische Gericht schleppen, wo wir Rechenschaft geben müssen. Und vor allem vor der Brautmutter hat er gezittert. Ihre schwarzen Lippen waren fest aufeinandergepreßt, als wären sie von einer Schnur zusammengezogen, und ihr Gesicht hat so gefeuert, daß sie jede Minute bereit war, sich wie eine wilde Katze auf Stempenju zu stürzen und ihm die Augen auszukratzen, hätte nicht Frejdel sie all die Zeit zurückgehalten.

»Rühr ihn nicht an, Mame, du wirst noch alles verderben; du guck und schweig und verfolg seine Tritte, daß er unsern Händen nicht entkommt. Es wird alles in Ordnung gehen, Mame, und Stempenju wird mir gehören, er wird mir gehören!«

XVI. DER STARKE SIMSON AUF DELILAS SCHOSS

Frejdel hat es ausgeführt und zuende gebracht: sie hielt mit Stempenju Hochzeit nach jüdischem Gesetz. Dann nahm sie ihn gleich in ihre Tätzchen. Ein wenig half ihr auch die Mutter dabei, kaum hatte sie die Freude erlebt, Schwiegermutter zu werden. Und Stempenju glaubte die Hölle zu schmecken und – hat sich nicht geirrt.

Das junge Paar fuhr nach Masepewka und ließ sich dort mit seiner Musikantentruppe nieder wie eine ortsansässige Kapelle.

»Stempenju, es ist vorbei mit dem Herumziehen, genug durch die Welt gereist, Stempenju!« sagte Frejdel zu ihrem Mann, der ihr nun ganz gehörte. Und was sie wollte, das hat sie bei ihm durchgesetzt, durchaus im guten.

Nach der Hochzeit fing für Stempenju ein neues Leben an, ein nagelneues Leben. Männliche Würde hatte er nur als Junggeselle besessen. Kaum aber hatte er Hochzeit gehabt und war in Frejdels Hände geraten, war all seine Stärke verloren, sein ganzer Mut, aller Glanz – bei sich zu Hause hatte Stempenju keinerlei Stimme.

»Du kümmer dich um deins; deine Sache ist die Kapelle mit den Hochzeiten. Wozu brauchst du Geld, du Närrchen?« sagte Frejdel zu ihm und nahm ihm jeden Groschen, den er verdient hatte.

Auf Geld war Frejdel sehr versessen. Sie ist bei sehr armen Eltern aufgewachsen und hat beinahe niemals einen Groschen zu Gesicht bekommen. Als Mädchen mußte sie sich jedes Haarband oder Kämmchen mit bitteren Tränen erkämpfen. Bis zum 15. Jahr ging Frejdel barfuß, mußte der Mutter die kleinen Kinder hüten und bekam ihre Schläge von der Mutter wie auch vom Vater, Jeschajke dem Fiedler, der das Trinken liebte. Gegessen hat sie ein Nichts. Bekleidet war sie, wie es zu den nackten Füßen paßte. Und nur beim Purimfest erhaschte sie einige Kopeken, wenn sie Geschenke in die Häuser trug. Die wenigen Groschen pflegte sie tief im Busen zu verstecken, damit ihre Mutter sie nicht fand; und so schlief sie mit den paar Münzen bis Pejssach, um sich für den Festtag ein Schleifchen oder ein Kämmchen zu kaufen. So wuchs Frejdel heran bis zum 18. Jahr, bis sie plötzlich ein erwachsenes, schönes, gesundes Mädchen war – ein Heiratsmädchen!

Als Frejdel Stempenjus Braut wurde, wußte sie selber nicht, was für ein Glück sie getroffen hatte. Nur die Mutter, die das sehr wohl begriff, hat ihr ausreichend Belehrungen erteilt – sie sollte wissen: ihr Bräutigam ist ein Goldspinner, wenn auch ein großer Scharlatan, für den der Rubel ein Bastard ist, sie soll sich nicht in die Grütze spucken lassen, und soll bei ihm in allem das Sagen haben, so wie sie, die Mame, beim Vater Jeschajke dem Fiedler das Sagen hat …

Als Frejdel mit Stempenju Hochzeit gefeiert hatte, vergaß sie die Ratschläge ihrer Mutter keineswegs. Ganz allmählich und geduldig lehrte sie den Mann alles Wichtige über »die Frau« – daß eine Frau alles wissen muß, was den Mann angeht; denn ein Weib ist keine Fremde, eine jüdische Tochter ist kein Liebchen, nein, sie ist sein Blut und Fleisch, sie ist er und er ist sie; nun, er muß wissen, er muß fühlen, daß er eine Frau hat …

Als Frejdel nun selber eine Hausherrin wurde und die immer neuen Rubel sah, die Stempenju verdiente, warf sie sich auf die Rubel wie ein Hungriger, der zu essen findet. Aber das Geld ist ihr nicht gut bekommen. Frejdel machte sich ständig Sorgen: vielleicht wird morgen wieder das Geld fehlen, vielleicht wird der Mann, Gott bewahre, nichts mehr verdienen – so knüpfte sie sich einen Knoten nach dem andern und begann, Groschen auf Groschen zu legen.

»Was plagst du dich so?« fragte Stempenju, als er ihre Mühen sah.

»Wenn du alles wissen willst, wirst du schnell alt werden, kümmere dich nicht darum, Stempenju!« antwortete Frejdel mit einem Lächeln und tat das Ihre; hat sich geschunden und hat gespart, auf dem Markt, im Laden und beim Fleischer; fürs warme Mahl genügte ihr Kröpfchenfleisch, und oft hat sie gar nicht gegessen und gar nicht getrunken. So scharrte sie Rubel um Rubel zusammen.

Allmählich, als etliche Gulden hübsch beieinander waren, begann sie, Darlehen gegen Pfänder zu geben und dafür Prozente zu nehmen. Das erstemal einfach durch Zufall, weil eine Nachbarin von ihr ein unverzinsbares Darlehen erbeten hatte und Frejdel ihr den

Gefallen tat – warum denn nicht? Und als Frejdel dann sah, wie Geld wachsen kann, daß aus einem Rubel mit der Zeit zwei werden, fing sie an, mit ihrem bißchen Kapital Geschäfte zu machen, so lange, bis sie eine »Wucherin« wurde (mit allen lieblichen Eigenarten dieser Profession; viele unserer Reichen verfügen über sie und, unter uns gesagt, verachten sie gar nicht).

Seltsam, wie kam es bei Frejdel zu solch einer Gier, Geld zusammenzuraffen? Das hatte sie weder bei ihrem Vater, Jeschajke dem Fiedler, noch bei irgendeinem der ihr bekannten Musiker lernen können. Wo immer solch eine Musikantentruppe auftaucht, braucht ihr nicht nach einem Groschen zu suchen; einen Rubel gibt man aus, als wäre es Straßendreck. Jüdische Musikanten, erst recht in damaliger Zeit, kann man als eine Art Zigeuner ansehen, ein besonderes Völkchen mit einem besonderen Jargon und besonderen Gewohnheiten. Diese Gesellschaft lebte ständig eine gute Zeit, immer war Purim, es ging heiter und lebendig zu, immer wurde gedudelt und gewitzelt und gespaßt, gearbeitet und gescherzt, wurden Welten umgestürzt und fröhliche Dinge beredet ...

Kam man nach Hause zur Frau, trieb man Scherze und Späße, löffelte Teigstücke mit Bohnen oder überhaupt nur Plagen, aber immer fröhlich, mit einem Tänzchen, mit Spöttereien. Man hat sich hungrig schlafen gelegt, auf morgen geborgt und geliehen, die Kissen versetzt und wieder ausgelöst, und noch einmal dasselbe. Die Musikantentöchter waren auch meist freie, fröhliche Seelen; weder ihr Leben noch ihr Haar waren von einem Schleier bedeckt ... Mit einem Wort, die Musikanten lebten in einem Paradies, mit allen Vorzügen und mit allen Mängeln eines Paradieses. Heute ist hier der Garten Eden – wer kommt da auf den Gedanken, sich Sorgen zu machen, was morgen sein wird? Frejdels Vater, versteht sich, war auch keine Trauerseele; Jeschajke der Fiedler war ein rechter armer Teufel, aber ein lebendiger und fröhlicher armer Teufel; und wenn er den Rubel verdiente, gab er ihn schnell wieder aus, sozusagen in einem Atem. Und Frejdels Mutter liebte es auch zu leben, das heißt gut zu essen; man hatte beinah kein Hemd auf dem Leib, aber gegessen hat man, solange noch ein Kissen zu versetzen war. »Das ganze Glück geht in ein einziges Kissen«, sagte man, »besser dem Bäcker als dem Arzt.« »Was ist des Menschen Leben«, pflegte Frejdels Mutter zu sagen, die eigentlich sogar unter Musikantenfrauen als Verschwenderin galt.

Wie kam dann Frejdel zu ihrem Trieb? Woher fiel solch ein Geiz auf sie? Kann sein, dieser Vorzug haftete an ihr wegen der Gier, mit der sie immer bei den Eltern nach einem Groschen gehungert hatte; oder vielleicht war es gar eine Sache der Veranlagung: durch irgendein Versehen ist eine geizige Seele in eine Musikantenfamilie hineingeboren worden, und es erstand solch eine Frejdel.

Wenn die Sache schon so war, so hatte Frejdel doch obendrein noch eigene Zutaten, hat geschwitzt und sich geplackt und hat sogar von Geld geredet!

Ihres Loses wegen wurde sie von allen Musikantenfrauen beneidet. »So ein Glück!« sagten sie alle mit einer Stimme.

Nur in einer Sache hat Gott Frejdel benachteiligt: er hat ihr keine Kinder gegeben. Und wer weiß, vielleicht war sie auch deshalb mit Leib und Leben dem Geld ergeben, weil die beste Freude, die Freude an Kindern, ihr versagt geblieben ist. Meistens sieht man, daß die Frauen, die Gott nicht mit Kindern gesegnet hat, böse Weiber werden, es fehlt ihnen manches an Güte und Weichheit. Solche Weiber können nur sich selber lieben. Frejdel war genau von solchem Stoff.

Aber man kann nicht sagen, daß sie ihn, Stempenju, gehaßt hätte. Warum sollte sie? Eine ansehnliche Person, ein Bild von einem Mann, eine Rarität, ein Fiedler, der aus tausend hervorragte und, das ist die Hauptsache, ein Geldverdiener, ein Goldspinner!

»Mein Stempenju«, rühmte sich Frejdel vor den anderen Frauen, »mein Stempenju streicht mit dem Bogen einmal über die Fiedel, und es ist ein Rubel; zwei Bogenstriche sind zwei Rubel; drei Striche sind drei Rubel – versteht ihr mich?«

In der Sache mit den Rubeln war Stempenju ihr genaues Gegenteil. Der Rubel spielte bei ihm keine Rolle. Hatte er eine Hochzeit bespielt und die Taschen voll Geld – da, hier habt ihr einen Groschen! Hatte er, gab er, verteilte und verborgte; und hatte er nichts, hat er bei andern geliehen. Stempenju war Künstler, seine Angelegenheit war die Kapelle: eine neue Sache bringen, ein Opern-Stück etwa, eine Hochzeit bestellen und bespielen, wie es Gott geboten hat – die Juden sollen sich nicht einfach nur fiedel-didel die Finger lecken.

Mehr als alles liebte Stempenju zwei Dinge in der Welt: sich und die Fiedel. Mit sich hatte er fast ständig zu tun – hat sich geputzt und geschniegelt, die Haare gekräuselt, mit einem Wort, sich »verjüngelt«, wie Frejdel das etwas hämisch nannte. Und dabei hat er die Fiedel vergessen. Wenn er aber die Fiedel zur Hand nahm, vergaß er sich und die Welt. Befiel ihn eine Melancholie, nahm er die Fiedel, legte eine Kette vor die Tür und konnte drei Stunden hintereinander eigene Phantasien spielen. Was ihm an Gedanken hochkam, das hat er gespielt. Einmal schmolz er in den Klängen dahin, den jammervollen und traurigen, die leiser und leiser wurden; dann packte ihn der Grimm, er spielte stärker und stärker; bis es von neuem begann, tief aus seinem Herzen emporzuseufzen, und das Feuer verging ihm, und der Zorn zerrann, und weiche, süße Melodien, die je länger je trauriger erklangen, strömten unaufhörlich – bis es wieder lebhafter und fröhlicher tönte. Wahrlich, das ist nicht oft so gewesen, nicht immer hat es in ihm gespielt. Aber wenn er ins Spielen kam, war es unmöglich, ihn loszureißen; Stempenjus Phantasie brodelte und ergoß sich wie aus einer Quelle, je länger, desto frischer.

Ein Mensch mit Gefühl, mit einer Seele konnte sich in solcher Stunde gar nicht satt hören an dieser freien Musik, die sich kaum in Noten notieren läßt – man hörte ein Gebet an den Herrn der Welt, aus verbittertem Herzen, ein Flehen um Erbarmen, um Gnade; eine Art von Gebet, wie es droben angenommen werden kann und muß, dort vor Gottes Stuhl. Man erzählt, der Rushiner Rebbe habe ein eignes Orchester besessen, das aufzuspielen pflegte, wenn er den Ewigen pries. Das war gewiß der Gedanke eines großen Menschen, einer hochpoetischen Seele …

»Kejle, diese Ungebildete, meine Plagen sollen auf ihren Kopf kommen, hat mir heut die Prozente für die vorige Woche gebracht; für die heutige Woche, sagt sie, soll ich bis nach dem Schabbes warten …«

Mit Gesprächen solcher Art beehrte Frejdel ihren Stempenju, wenn er nach dem Spiel aus seinem Zimmer trat, noch ein wenig flammend, mit Glanz in den schwarzen Augen. Es war das Feuer seiner Augen, das so viel Anziehungskraft bewirkte. Nur selten pflegte es sich zu zeigen. Und wenn es Frejdels Blicken begegnete, versteckte es sich schnell und verging.

Wenn Stempenju eine Hochzeit bespielt hatte und dann heimkam, trat ihm Frejdel lächelnd entgegen, einschmeichelnd wie ein Kätzchen:

»Zu was brauchst du Geld, Stempenju?« pflegte ihm Frejdel zu sagen und alle Taschen umzustülpen, »zu

was brauchst du Geld, was fehlt dir? Hast alles, was du brauchst, bist nicht hungrig, Gott behüte, und nackt gehst du auch nicht, und wenn du etliche Groschen brauchst, geb ich sie dir denn nicht? Gib es besser mir, meine Seele, bei mir bleibt es ganz. Gib schon, gib!«
Und Stempenju steht wie ein bestraftes Kind, und Frejdel tut mit ihm, was sie will; er ist völlig in der Hand dieser schwarzen Frejdel. Ach, was ist dir geschehen, Stempenju? So ein Garnichts wie Frejdel soll dir auf dem Kopf tanzen, und du läßt dich an der Nase herumführen? Ganz wie der starke Simson auf dem Schoß seiner Geliebten Delila! Pfui, Stempenju, auf mein Wort: eine Schande!

XVII. STEMPENJU RÜHRT SICH NOCH MIT EINEM GLIED

Erbarmen für Stempenju!
Aber es war nicht ganz so schlimm, wie ihr meint; habt nicht zuviel Mitleid mit unserm Helden. Wenn Stempenju zu Hause nicht viel Stimme hatte und alles Frauenangelegenheiten waren, so besaß er doch eine eigene Welt, zu der Frejdel keinen Zutritt bekam. Dort in seiner Welt war Stempenju ein Aristokrat und, wie wir bald sehen werden, ganz zufrieden.
Vor allem verbrachte er den halben Tag mit »Repetieren«, das heißt, er spielte mit den anderen Musikanten alle neuen Stücke durch, man trieb Späße, hörte dem Hochzeitsnarren zu und lachte über Mechtschi Pauker, den der Possenreißer gern bewitzelte. Und danach

erzählte man sich einfach Geschichten von dieser und jener Hochzeit; denn jede Hochzeit unter Juden hat ihre Geschichte: dort hatte sich der Bräutigam geweigert (und sollte er Prügel kriegen!), er wollte nicht unter den Traubaldachin, bis man ihm Rubel um Rubel die Mitgift auszahlte, in bar, »klopf und zähl«; dort war die Braut vom vielen Weinen ohnmächtig geworden, man hat sie kaum wiederbeleben können (und dabei hat der Possenreißer seine Witze gemacht!); an einem dritten Ort begab sich eine noch schönere Geschichte: nach dem Abendessen, als die Zeit zum Tanzen gekommen war …

Und in der Gruppe explodiert ein Gelächter, wie aus der Kanone geschossen.

»Was gibt es da für ein Gelächter? Hört nur, wie sie wiehern!« schreit Frejdel aus ihrem Zimmer.

»Kümmer dich nicht drum«, antwortet ihr Stempenju voll Hochmut, »ich hab dir schon hundertmal gesagt, du sollst dich nicht in unsere Angelegenheiten mischen!« Und Stempenju beweist in dieser Minute, daß er zu Hause ein Herr, ja ein Sultan ist.

Die übrige Zeit verbrachte Stempenju damit, sich zu kleiden, und sich zu putzen, auch die Kleidungsstücke und die Stiefel (die wie zwei Spiegel glänzen mußten), sich sehr raffiniert zu kämmen und die schönen schwarzen Locken zu legen, das weiße Chemisett zu glätten. Dann nahm er den Stock zur Hand, den mit dem geschnitzten Elfenbeingriff, setzte eine breite schwarze Schirmmütze mit glänzendem Schirm tief in die Stirn, hob den Kopf, daß die Locken über die Schultern flossen, und ging in der Stadt spazieren. Dort hat er seine Bekannten, denen er begegnet, und an den Läden vorbeiwandelnd, grüßt er die jungen Frauen, die Krämergattinnen; die Frauen erröten. Sie erinnern sich, daß sie einst Mädchen waren, und damals sind sie mit Stempenju bekannt gewesen. Damals, das war eine

Welt … Und heute? Wer denkt heute noch daran? Doch finden sich noch immer junge Frauen, und natürlich Mädchen, die eine lange Zeit mit Stempenju draußen an der Tür stehen. Man redet, man spricht von diesem und jenem, man lacht …

Gewiß gehen solche Sachen nicht ganz glatt ab. Eine Nachbarin sieht es und trägt es schnell zur andern, dann zur dritten, und so hebt ein Gerede an (und wenn man in jüdische Mäuler gerät, dann ist es nicht vergeblich …).

»Stempenju, was ist da schon wieder für ein Gerede in der Stadt? Wieder eine Geschichte?«

»Was für eine Geschichte, Frejdel?«

»Deine Geschichten … Er fragt noch! Wo zwei sind, ist der dritte. Die ganze Stadt beschäftigt sich mit uns.«

»Ich weiß nicht, was du von mir willst, Frejdel.«

»Was ich will? Ich will, du sollst deine alten Geschichten sein lassen. Es ist Zeit. Wo ein Weibel oder ein Mädchen ist in der Stadt, muß er mit ihr bekannt sein, muß sich mit ihr drei Stunden hinstellen und kann gar nicht genug auf sie einreden.«

»Wie? Du meinst vielleicht, daß ich mit Ester Awrom-Jankels geredet habe.«

»Nun, und was ist mit Ester Awrom-Jankels? Ist sie heilig-schmeilig? Warum?«

»Ich hab doch mit ihr wegen einer Angelegenheit geredet.«

»Deine Angelegenheiten … Ich kenn dich, Stempenju!«

»Das mußt du wirklich wissen: Awrom-Jankels will die Hochzeit nach Jehupez verlegen, so eine Verrücktheit ist ihm eingekommen. Nun, ich hab Ester gesehen und hab mit ihr darüber gesprochen – eine Sünde, wenn ich solch eine Hochzeit aus der Hand geben würde.«

»Jehupez? Was ist ihm eingefallen, diesem verrückten

Hitzkopf?« fragt Frejdel, und in ihren grünen Augen zeigt sich jenes Feuer, das immer aufglüht, wenn sie Geld wittert.

»Was fragst du einen Verrückten?« antwortet ihr Stempenju und geht aus dieser Geschichte trocken heraus. Und so werden sie aufgelöst, diese Geschichte und jene Geschichte und alle Geschichten, Stempenju ist ein Könner darin und weiß, wie man Frejdel nehmen muß.

In der Fremde, wenn Stempenju mit seiner Kapelle hinausfuhr, kam er gewöhnlich noch besser weg. Dort war es für ihn, wie man sagt, ein koscherer Topf mit einem koscheren Löffel; und wenn Stempenju in irgendein Städtel kam, um eine Hochzeit zu bespielen, verlangte er nicht so bald, wieder wegzufahren. Dort gab es Geschichten über Geschichten, fröhliche und traurige, ohne Ende.

Nun, Stempenju besaß seine besondere, seine eigene Welt, in die er Frejdel auf gar keinen Fall einließ, obwohl sie eifrig darauf aus war. Sie hat sogar versucht, sich Mechtschi Pauker zu kaufen; aber es gelang ihr nicht. Dort in seiner Welt war Stempenju ein völlig anderer Mensch, sehr verschieden von jenem Stempenju in Frejdels Stube.

XVIII. STEMPENJU VERLIEBT SICH

In seiner Welt begann jetzt Rochel eine Rolle zu spielen, die größte Rolle in seinem Leben. Man darf ihm glauben, sein Brief an sie, den wir oben gesehen haben, war ganz ernsthaft und wahr geschrieben. Denn er

hatte sich in Rochel verliebt, von der ersten Stunde an, als er sie bei Chajm-Benzion auf der Hochzeit gesehen hatte.
Stempenju hatte ihr das Briefchen nicht sofort geschrieben; es hat etliche Tage gebraucht, bis das Feuer, das Rochels blaue Augen in seinem Herzen gezündet hatten, recht brannte und flackerte und er nicht mehr anders konnte, als sich im Zimmer einschließen, und dort, wo er sonst die Noten schrieb, tatsächlich mit derselben Feder und auf demselben Papier, das gewisse Briefchen zu schreiben.
Stempenju hat über dem Briefchen ziemlich geschwitzt, das Schreiben ist ihm sehr schwergefallen. Er hat ja nirgendwo schreiben gelernt, nur, was er sich selber beigebracht hatte. Da braucht sich keiner wundern, daß er mit stumpfer Feder schrieb.
Etliche Tage trug Stempenju den Brief mit sich herum und fand keinen Rat, wie er ihn übergeben sollte. Mechtschi Pauker war sonst ein guter Bote für solche Briefchen – aber in der Fremde. Hier jedoch, wo es eine Frejdel gab, war auch Mechtschi ein gefährlicher Briefträger. Am Schabbes hat sich Stempenju herausgeputzt wie ein Mädchen, setzte sich einen hohen Hut auf nach der letzten damaligen Mode und ging hinaus auf die Berditschewer Gasse wie jeden Schabbes, um einen Spaziergang zu machen, rechnete natürlich, auch Rochel werde dort sein. Doch umsonst. Alle Frauen und Mädchen drehten sich da herum, warfen einen Blick auf Stempenju, lächelten und erröteten; alle waren da, nur die eine Rochel nicht. Das geschriebene Briefchen ließ ihm keine Ruhe, es zog ihn zu ihr hin, je länger, um so stärker. »Man kann es versuchen und auf jener Gasse spazieren, wo Reb Eisik-Naftoli wohnt, vielleicht werde ich ihr begegnen«, so dachte Stempenju bei sich und ging langsam bis zu dem Fenster, wo Rochel saß, in

ihre Gedanken vertieft, und das bekannte Liedchen sang:

»Eine allein,
elend wie ein Stein …
Ich kann mit keinem reden,
nur mit mir allein,
elend wie ein Stein,
ich kann mit keinem reden …«

Anfangs meinte sie, als sie plötzlich das »Gut-Schabbes« hörte und Stempenju vor sich stehen sah, das wäre eine Art Traum (denn schon etliche Male hatte sie Stempenju im Traum gesehen). Aber als sie das Stück Notenpapier an sich genommen und Stempenjus Brief gelesen hatte, erhob sie sich, warf einen Blick ins Fenster und sagte sich: »Sein Glück, daß er weggegangen ist. Ich hätte ihm eins aufgespielt: da hast du, Stempenju!«
Sie faßte den Brief und wollte ihn durchs Fenster auf die Straße werfen; aber es durchfuhr sie, das Briefchen doch noch einmal zu überlesen. Sie rollte es zusammen, als wäre es die Pergamentrolle mit dem Buch Ester, und legte es in ihre Tasche.
Rochels Zorn auf Stempenju wurde größer und stärker, und sie wollte den Musikanten gern allein treffen, um ihn unter vier Augen zu fragen: Was heißt das? Wie nennt man so etwas? Mit welcher Frechheit schreibt er ihr so einen Zettel? Wer ist er und wer ist sie? Sie dachte darüber nach, wie sie ihn an einem Ort treffen könnte, wo für keinen zu hören war, was sie miteinander reden, und sie hatte einen Einfall …

XIX. EINE KORALLENKETTE BEI FREJDEL STEMPENJUS

»Hört Ihr, Schwiegermutter? Wenn es nicht zu teuer ist, wäre ich eine Interessentin für eine Korallenkette, gute schwere Korallen.«

»Nun, ich hab dir schon wievielmal gesagt, geh zu Frejdel Stempenjus und such dir aus, was das Herz gelüstet. Wenn du willst, geh gleich mit mir, mir zuliebe wird sie es nicht teuer machen.«

Unsere schwarze Frejdel, mit Prozenten und Pfändern (meistens Korallen) beschäftigt, hatte allmählich, nur so zum Spaß, angefangen, mit solcher Ware zu handeln, die sie, unter der Hand, ihren Schuldnern ganz billig abzukaufen wußte und nachher auch billiger als alle Korallenhändlerinnen hergeben konnte – so lange, bis sie richtig damit zu handeln anfing, mit allen Berditschewer und allen Broder Erzeugnissen. Schließlich wußte ganz Masepewka, eine rechte Korallenkette kaufte man bei Frejdel, bei Frejdel Stempenjus.

Eine wunderliche Sache! Woher nimmt Frejdel solche Befähigung zum Handel, solch eine Art, mit den Kunden umzugehen, solche Überredungskunst? Als Dwossje-Malke mit der Schwiegertochter zu ihr in die Stube kam, begrüßte Frejdel die beiden sehr großartig:

»Gottwillkommen! Wie geht es Euch, Dwossje-Malke? Ihr wißt, ich hab schon seit langem ein Auge auf Euch geworfen?«

»Wie kommt das, Frejdel?«

»Wie, das fragt Ihr? Schon ein Jahr, daß Ihr eine solche Zierde in Eurer Stube habt, und nichts! Ihr solltet mit Eurer Schwiegertochter mal herkommen und Euch einiges aussuchen, was ihr gut zu Gesicht steht. Pfui, auf mein Wort, Dwossje-Malke, es ist schon geradezu eine Schande.«

»Ihr habt sicher recht, Frejdel-Herz, aber bin ich schuld, sagt selber, wenn meine Schwiegertochter keine Korallen will, wie sehr ich sie auch bitte?«

»Das ist ja ganz was Neues. Was heißt das, sie will nicht? Bei Euch will man nicht; bei mir, nicht schlecht, will man.«

Und Frejdel öffnete eilig einen sehr großen, grünen Kasten und begann, von dort ein Bündel Korallen nach dem andern hervorzuziehen und ihren Kundinnen vorzulegen, mit viel Gerede dabei und Anpreisungen wie bei einer rechten Krämerfrau.

»Seht Ihr, Dwossje-Malke, wenn Ihr auf mich hört, wollte ich Eurer Schwiegertochter raten, diese Korallenkette hier zu nehmen; ich will, mit Euch zusammen, so rein sein von allem Bösen, wie man nach dieser Korallenkette nicht noch Orleans-Perlen braucht. Legt sie nur, seid so gut, um Euern Hals, so, oh! So ein Jahr will ich haben, wie sie zu Euerm weißen Hals steht. Tragt sie in Gesundheit, und möge Gott Euch gewähren, daß Eure Schwiegermutter Euch übers Jahr um diese Zeit fünf Schnüre mit ebenso großen Perlen schenken kann. Ach, wie sie Euch zu Gesicht stehen! Sagt schon, Dwossje-Malke, Ihr seid doch eine Kennerin von Korallen – Herr der Welt, laß mich solch ein Jahr haben!«

Bei diesen Worten holte Frejdel einen Spiegel aus dem Kasten und hielt ihn vor Rochel hin. Und Frejdels grüne Augen blitzten vor Vergnügen, und der Schweiß trat ihr auf die Stirn vom vielen Reden mit all den Schwüren und Schmeicheleien.

»Und Euer Stempenju tut das Seine?« sagte Dwossje-Malke und wies mit dem Finger auf das Zimmer, aus dem sich unerhört süße Melodien vernehmen ließen.

»Ja, er spielt dort«, gab Frejdel zur Antwort und begann,

weitere Arten von Korallen zu zeigen, solche und solche. Und inzwischen hat Frejdel mit Dwossje-Malke ein langes Gespräch geknüpft, wie es sich zwischen zwei Krämerfrauen gehörte, wenn man über Geschäfte ins Reden kommt.

Rochel saß an der Seite und hörte nichts von dem Gespräch zwischen der Schwiegermutter und Frejdel. Rochel hörte ein anderes Gespräch, eine andere Stimme – sehr andere Worte ließen sich von Stempenjus Fiedel hören, Worte, die ihr unmittelbar ins Herz gingen. Und sie erhob sich erst, als die Fiedel schwieg und Stempenju sich an der Tür zeigte. Ihre Augen begegneten sich, und beide wurden rot wie Feuer ... Stempenju stand an der Tür und konnte sich nicht rühren; und Rochel sah ihn an.

Dann sagte sie zur Schwiegermutter, daß es Zeit wäre heimzugehen.

Dwossje-Malke raffte sich händeringend auf:

»Oh, ein Donner erschlägt mich! Seht nur, wie wir uns verredet haben. Nun, was werdet Ihr von mir nehmen, Frejdel, für die Korallen? Bei mir dürft Ihr es nicht teuer machen, Frejdel, mit mir müßt Ihr ehrlich handeln!«

»Ehrlich, hört Ihr, Dwossje-Malke, ich will beim ersten Bissen ersticken, wenn ich Euch eine Lüge sage: Sossje hat mir für die Korallen 18 Rubelchen abgeborgt, so wahr ich gesund sein will, Herr der Welt, mitsamt meinem Mann. Aber es macht nichts, ich revidier meine Meinung: Sossje ist Sossje, und Ihr seid Dwossje. Ich geb sie Euch ab für 15 Rubelchen, und die sollen nicht mir gehören, wenn ich, lieber Gott, auch nur eine Kopeke daran verdiene.«

»15 wie 15, 12 will ich Euch geben, Frejdel, 12 Rubelchen bares Geld.«

»Oh, gesund sollt Ihr mir sein, Dwossje-Malke, feilscht nicht!« rief Frejdel mit großer Hitze und faßte Dwossje-Malke an beiden Händen – wie sich zwei Weiber die Hände geben, wenn sie einen fröhlichen Tanz beginnen.

In dieser Minute konnte Rochel mit Stempenju rasch ein paar Worte wechseln.

»Ich wollte Euch etwas sagen, Stempenju.«

»Ich wollte Euch auch was sagen, Rochel.«

»Ihr habt mir schon gesagt.«

»Wann?«

»In dem Briefchen.«

»Viel zuwenig.«

»Schon zuviel.«

»Nein, nicht einmal der hundertste Teil.«

»Ihr irrt Euch.«

»Ich schwör Euch, bei meinem Leben: Ich sterbe. Wo kann ich Euch treffen?«

»Ich weiß nicht, wo wir uns treffen können.«

»Abends vielleicht?«

»Wo?«

»Auf der Klostergasse.«

»Wann?«

»Am Schabbesabend. Ihr könnt von der andern Seite zum Klostergarten kommen.«

»Ich kann nicht, ich will nicht.«

»Ihr müßt, Rochel. Ich bitt Euch, kommt auf eine Minute heraus! Seid dort, ich werde schon warten, am Schabbesabend, um Gottes willen, Rochel …«

»Ich werde nicht kommen.«

»Ihr werdet kommen, Rochel, Ihr werdet kommen!«

»Nun, Tochter«, rief Dwossje-Malke, »komm, gehn wir heim. Ich hab es ausgehandelt für 14 Rubel. Oh, ich wußte gar nicht, Frejdel, daß Ihr so eine tüchtige Händlerin seid.«

»Eh, Dwossje-Leben, seid mir gesund, Ihr könnt auch gut feilschen. Macht nichts, einen guten Tag, geht in Gesundheit! Tragt die Kette mit Gesundheit! …

Verbraucht sie gesund! Zerreißt sie gesund! Auf Krükken soll sie gehen. Wie sie mir das Wasser ausgekocht hat!« sagte Frejdel zu Stempenju, nachdem sie die Tür geschlossen hatte. »Und sie, die Schwiegertochter, die weiße Kuh, sitzt und schweigt. Die Korallen passen zu ihr, wie Glasperlen einem Schwein zu Gesicht stehn!«

XX. NOCH EINMAL KORALLEN

Als Rochel mit der Korallenkette nach Hause kam, führte ihre Schwiegermutter sie dem Schwiegervater zu, mit so einem glücklichen Lächeln, als sollte sie gleich werweißwas gewinnen.

»Was sagst du, Eisik-Naftoli, zu diesen Korallen? Ein günstiger Kauf, wirklich ein sehr günstiger.«

Eisik-Naftoli ging nahe an Rochel heran, musterte die Kette gründlich wie ein rechter Sachverständiger, schneuzte die Nase und fragte:

»Was hast du dafür bezahlt, wieviel?«

»Wieviel? Bist doch selber ein Kaufmann, sag doch du, wieviel«, sagte ihm Dwossje-Malke mit einem Lächeln.

»Ich weiß nicht, wars teuer, wars billig?«

»Wenn ichs dir sag: ein günstiger Kauf, Dummkopf, ein günstiger Kauf, wie bei einem Dieb. Stell dir vor, ich hab mich genügend mit ihr geplagt. Diese Musikantenfrau hat mir alles Wasser ausgekocht mit ihrem Feilschen, die Pocken in ihr Gesicht! Nun, sie kann gut handeln, ein wahres Marktweib, der Teufel weiß, wo und wann sie das alles gelernt hat. Und ein Mundwerk, wie mit Scharnieren, sie spuckt Pech und Schwefel. Und wenn sie mit einem Kunden redet, windet sie sich wie ein Hecht. Der Schlag soll sie treffen, die Stempenjusche!

Nun, was schweigst du, Eisik-Naftoli? Laß mich deine Expertise hören: was, zum Beispiel, dürften diese Korallen kosten?«

»Was diese Korallen kosten dürften?« gab Eisik-Naftoli zur Antwort und faßte sich am Bart, »diese Korallen dürften kosten, wieviel, wieviel, nur still, laß es dir genau sagen, ich will mich nicht irren ... Ein günstiger Kauf, sagst du? Wenn sie ein günstiger Kauf sind, hast du für sie nicht weniger als fünfundeinenhalben Rubel zahlen müssen, aber wert sind sie sieben.«

»Du Nudelpfannkuchen«, schoß Dwossje-Malke heraus wie aus einer Kanone, ihren Eisik-Naftoli überkam ein Zittern, und er wich zur Seite.

»Nudelpfannkuchen! Ochse in Eselsgestalt! So eine Korallenkette fünfeinenhalben Rubel? Du verrückter Hirsebrei, ein Stummer hätte das in einem ganzen Jahr nicht ausgesprochen! Hast du Augen oder nicht? Dann guck hin, du abgerissener Narr!«

Und Dwossje-Malke nahm Rochel an die Hand, führte sie zum Schwiegervater, hob ihr den Kopf und zeigte Eisik-Naftoli den günstigen Kauf, indem sie ihren Mann mit spitzen Worten und Flüchen überschüttete. Eisik-Naftoli, der Bedauernswerte, schneuzte sich die Nase, zwinkerte mit den Augen und hatte Angst, ein weiteres Wort zu sagen – bis sich Gott seiner erbarmte.

Mojsche-Mendel kam mit seinem Stöckchen vom Markt und begann sogleich, die Korallen auf Rochels schönem weißem Hals zu schätzen, und entschied, daß sie ohne Übertreibung einen Dreier kosten dürften. Da war Dwossje-Malke so entflammt, daß sie geradezu weinen mußte wie ein kleines Kind; vor großem Ärger, daß keiner begreifen konnte, welch einen günstigen

Kauf sie erhandelt hatte, und vielleicht vor Kummer, weil die Stempenjusche sie so grob betrogen hatte.
»Auch so ein Kaufmann«, sagte sie zu Mojsche-Mendel, »gradeso ein Sachverständiger wie dein Vater! Warum ein Dreier, Söhnchen, warum nicht weniger?«
»Darum, weil sie nicht mehr wert sind, darum, weil es sehr einfache Korallen sind; ich hab auch schon mal Korallen gesehen, Mame, glaub nur, daß ich schon einmal eine richtige Korallenkette gesehen hab.«
Den ganzen Tag zankten und stritten sich die drei wegen der Korallen.
»Er soll es mir lieber mit einer Pistole ins Herz geben«, forderte Dwossje-Malke, »das wär mir lieber gewesen, als von ihm das Wort ›fünfundeinenhalben‹ zu hören! Nun, immerhin, dieses zänkische Weib, die Cholera auf sie, noch heute, sie hat mich betrogen (und mich hat noch keiner betrogen!). Also, soll sie der schwarze, finstre, bittre Teufel holen mitsamt ihrem Stempenju. Aber was taugt es, einem noch die Wunden zu salzen mit einem Preis von ›fünfundeinhalben‹? Da hast du ›fünfeinenhalben‹: Fünfundeinhalbes Geschwür auf ihren Leib und fünfeinhalbes Fieber in ihre Leber, ich werd bei ihr mein Geld, mein Blut wieder herausreißen, wie einem Hund aus den Zähnen, stell dir vor. Aber sich vergönnen, ›fünfeinhalb‹ zu sagen!«
Die ganze Szene war unserer Rochel so zum Ekel geworden, daß sie die Korallen vor dem Schlaf ablegte und tief tief im Kasten verbarg, mit dem Vorsatz, sie nie wieder anzulegen, solange sie leben wird. Mehr als alles verdroß es unsere Rochel, daß sich Mojsche-Mendel die ganze Zeit mit der Mutter um die Korallen stritt und nicht einmal zu ihr kam, wie es sein sollte, wie es sich gehörte, um zu sagen: »Trag sie gesund.« Man hat sie den ganzen Tag an den Händen herumgeführt und ihre Korallen besichtigt, wie man eine Kuh begutachtet; jeder kam zu ihr und hob ihr den Kopf und be-

tastete die Korallen, sie selber vergaß man ganz ... Rochel war von Natur her keine Böse, keine Zornige, aber den ganzen Tag war sie wütend auf alle und noch mehr auf Mojsche-Mendel. Dieser Mann der Öffentlichkeit hat ganz fein Mittag gegessen und sich dann ins Lehrhaus begeben. Und weil an jenem Abend im Lehrhaus ein freudiges Ereignis stattfand (die Beendigung eines Talmudtraktats wurde gefeiert), blieb Mojsche-Mendel dort von der Zeit nach dem Abendgebet bis in den weißen Tag hinein, wie er es oft zu tun pflegte.
Rochel indes war richtiggehend krank, und sehr erregt, das Gesicht flammte ihr wie ein höllisches Feuer, der Kopf brummte, und in den Ohren hat es geklungen und gepfiffen, sie wußte gar nicht, wie ihr geschah. Kein Abendbrot hat sie essen können; wie gewöhnlich hackte Dwossje-Malke auf sie ein, warum sie nicht ißt, warum sie nicht trinkt – aber vergeblich. Rochel ging mit roten Augen in ihr Zimmer, zog sich schnell aus und legte sich ins Bett, und aus ihren Augen ergossen sich Tränen, warme heiße Tränen, viele und viele.

XXI. EINE SCHWERE NACHT

Warum hat Rochel geweint? Sie wußte selber nicht, warum sie weinte, und merkte nicht einmal, daß sie weinte. Schon seit einiger Zeit war ihr das Herz schwer, sehr schwer; aber plötzlich war es wie aufgeweicht, es zerfloß und ergoß sich in Tränen. Rochel fühlte, wie wir oben schon sagten, daß sie elend ist, daß ihr etwas fehlt. Aber was ihr fehlte, das wußte sie nicht und konnte sie nicht wissen.

Rochel hatte es recht gut begriffen, als ihre Eltern sie verheiratet hatten und damit loswurden. Das Wort »loswerden« reicht schon aus, um fühlen zu machen, wie gründlich man fortgerissen wird – Kinder von den Eltern und Eltern von den Kindern. Das Wort »loswerden« bekommt man bei uns Juden sehr oft zu hören, beinahe in jeder Familie. Das Wort »losgeworden« ist eine große Schande, eine Beleidigung für unser ganzes Volk, das stolz ist auf seine Barmherzigkeit …
Mehr als alles hat sie Mojsche-Mendel und seine Art erdulden müssen, seinen Umgang mit ihr. Rochel verstand, welche Rolle sie mit ihrer Schönheit, Güte, Ehrlichkeit und Treue bei ihrem Kleinod von Mann spielte. Rochel begriff, was sie ihm bedeutete …
Jedenfalls war Rochel die letzte Zeit völlig durchgedreht, aufgewühlt und verwirrt. War es eine Kleinigkeit, was sie von Stempenju erdulden mußte? Rochel, die brave Rochel, die in ihrem Leben nie ein Haarbreit von der Jüdischkeit abgewichen war, die nicht das kleinste Gesetz von allen Gesetzen, wie sie für eine verheiratete Frau gelten, je verletzt hatte – Rochel, eine jüdische Frau im Sinne der Tora, hat einen Fremden im Sinn, empfängt Briefchen von ihm, trifft sich mit ihm – und nichts! Im Gegenteil, sie fühlt sich zu ihm hingezogen – nicht mit schlechten Gedanken, Gott behüte, nur einfach so, ihn zu sehen, zu hören, wie er auf der Fiedel spielt – ach, sein Spielen, sein Spielen! Rochel möchte ewig nichts essen, nicht schlafen, nur Stempenju hören, ihn hören und … sehen: seine Augen, wie sie blicken und Rochel wärmen, streicheln, umzärteln – ach, seine Augen!
Rochel faßt sich mit beiden Händen am Kopf und hört, wie die Schläfen hämmern, wie das Herz pocht, und es zerrt und zerrt ihr an der Seele. Sie weiß nicht, wie ihr geschieht, zieht sich die Decke über den Kopf und sieht ihre einstige Freundin Chaje-Etel, Friede mit ihr; Ro-

chel entsinnt sich der Geschichte von Chaje-Etel und Benjamin, und ein Frost geht ihr über den Leib, sie wirft die Bettdecke ab und – hört plötzlich ein sehr vertrautes Lied, ein vertrautes Spiel von einer vertrauten Fiedel. Rochel meinte, sich zu irren. Aber dann kam das Spiel immer näher und näher, Musik, mit der für gewöhnlich die Verwandten des Brautpaars von der Hochzeit heimgeführt werden. Rochel hörte und erkannte genau, was man spielte, Rochel erkannte auch Stempenjus Spielweise, und sie hatte keinen Zweifel mehr: Stempenju führte nach dem Hochzeits-Abendessen die Verwandten nach Hause. Aber wo kommt er her? Hier in der Gasse war heute keine Hochzeit, hier gab es keine Brauteltern.

Was kann das bedeuten? Doch die Paukenschläge kommen näher und näher; die Truppe spielt hinreißend; aber deutlicher als alle läßt sich Stempenjus Fiedel hören, die mit ihrem süßen Klang, ihrem weichen Gesang alle anderen Instrumente überflügelt. Rochel kann nicht liegenbleiben, sie springt vom Bett, geht zum Fenster, öffnet und beugt sich weit hinaus.

Rochel hatte schon lange nicht solch eine Nacht gesehen. Der Mond spazierte mitten am Himmel, und um ihn herum waren tausend Sterne ausgeschüttet, glitzernde Brillanten. Die Luft warm, leicht und frisch, kein bißchen Wind, die hohen Pappeln am Klostergarten stehen unbeweglich wie Soldaten auf der Wacht; kein Blättchen rührt sich. Manchmal trägt es vom Klostergarten einen köstlichen Duft von wohlriechenden Gräsern herüber, wie von gutem Gewürz, das in Masepewka besonders geschätzt wird, weil da bei Tag ein anderer Duft herrscht …

In dieses schöne Nachtbild paßte unsere Rochel genau hinein – die schöne, die reine, die ehrliche Rochel mit ihrem weißen Hals, dem reichen blonden Haar (ach, hat Rochel zu diesem Zeitpunkt bedenken können, daß der Mond und der Romanautor ihre eignen, unverdeckten Haare sehen konnten?), ihre Augen waren nicht minder blau und klar als der blaue klare Himmel, und ihr lichtes Gesicht war nicht häßlicher als die leuchtende Nacht. Aber Rochel hat sich wenig Gedanken darüber gemacht; ihr Kopf war dort, wo sich das erlesene Spielen hören ließ, und ihr Herz war bei Stempenjus Fiedel.

Die Musikanten spielten so traurig, als wollten sie jemand zu Grabe tragen; bei uns Juden erweist sich Freude durch Weinen, bei großer Freude werden mit Vergnügen Tränen vergossen ... Noch trauriger wirkt das Spiel in der halben Nacht, wenn die ganze Welt halb am Einschlafen ist; nur ein paar Juden erfreuen sich an Traurigem, kommen mit hängenden Köpfen vom Hochzeitsmahl – was ist? Man ist ein Kind losgeworden, versteht ihr mich, »versorgt« heißt das, gottlob, nun, meinetwegen.

In dieser stillen schönen Sommernacht hört man Stempenjus Fiedel noch deutlicher als sonst. Es bedrängt das Herz, zieht einen an der Seele, nimmt einem das Leben – und Rochel steht halbnackt am Fenster und hört zu. Sie will fortlaufen, das Fenster schließen und fortlaufen; aber es hält sie fest, wie mit Eisen, es zieht sie an wie ein Magnet. Sie blickt und lauscht so ernst, als hört sie nicht seine Fiedel, als hört sie ihn selber zu ihr sprechen, argumentieren, bitten und weinen.

Und nicht nur Rochel allein schwelgt in dieser hellen Sommernacht in den süßen Melodien, die aus Stempenjus Fiedel aufsteigen: der Mond mit den Sternen, die weiche frische Luft, die ganze Natur mit allen Geschöpfen ist aus dem Dösen erwacht und reckt sich, um zu hören: was ist das für eine Musik in der halben Nacht? Was ist das für ein Lärm zu später Stunde? Der Nacht-Chorist, die verspätete Nachtigall im Klostergarten, hört die Musik und versucht, mit dem Hals zu rollen und in gewohnter Art ihre Stücklein vorzutragen; aber es gelingt ihr jetzt, Ende des Monats Tamus, nicht, Stempenjus Fiedel zu übertrumpfen; denn gleich nach dem Frühling hat sie, leider wie jedesmal, das Instrument eingebüßt; von ihrer süßen Stimme blieb ihr nur ein Quietschen wie bei einem Kantor nach den »schrecklichen Tagen«, nicht verglichen soll es werden. Der Hahn, der Schreihals, hört das Spiel der Musikanten; und meinend, es sei schon Tag, flog er von der Stange herab, schlug mit den Flügeln, gab seinen Bibelvers von sich und beendete das gewöhnliche Kukeriku mit einer Koloratur; dann flog er zurück zu seinem Ruheplatz, zornig, weil man ihn ganz unsinnig und für nichts bemüht hatte … Sogar die Hunde, die Köter, sehr fern von der Klostergasse, hörten die nächtlichen Musikanten, fingen nach ihrer Art zu bellen und zu heulen an, wurden wieder still und suchten sich ein Plätzchen, wo sie sich niederlegen und ruhen konnten. Auch die Kuh, Dwossje-Malkes braune Kuh neben der Stube, unterbrach ihr Wiederkäuen, stellte die Ohren auf und ließ tief aus dem Bauch ein Ächzen ertönen wie ein sündiger Mensch. Nachbars zwei Ziegen sprangen vor Begeisterung jäh vom Erdboden auf, wechselten die Plätze und zeigten eine der andern, daß sie Hörner hatten. Nun, alles lebte auf und lauschte dem Spiel, in dieser stillen, leuchtenden, warmen, zaubrigen Sommernacht.

Zur selben Zeit stand auch unsere ehrbare Rochel am Fenster, angeschmiedet wie mit Eisen. Sie steht sehr erstaunt, rührt sich mit keinem Glied, wie angeschraubt, und weiß nicht, in welch einer Welt sie sich befindet. Was für eine Nacht! Ach, eine Nacht! Lieber Vater! … Sie hört mit allen Sinnen, sie schlürft die frische Luft tief in sich ein und ist völlig verzaubert. Sie guckt in den Himmel und erinnert sich an ferne Sommernächte, als sie, ein Mädchen, daheim auf der Rasenbank saß und auf die weißen Streifen des Mondlichts blickte, mit den Steinchen spielte und dabei das bekannte Liedchen sang:

»Der Mond scheint inmitten der Nacht,
und Perle sitzt an der Tür,
sie seufzt und ächzt gedankenschwer –
o wie weh ist ihr,
sie seufzt und ächzt gedankenschwer –
o wie weh ist ihr ...«

Das Lied hatte sie damals gesungen, aber nicht verstanden. Jetzt versteht sie es; wenn nicht ganz und gar, dann fühlt sie doch den Sinn. Sie spürt, etwas zieht sie hinaus in die freie Luft; sie fühlt, ihr ist eng und heiß, sie ist voll Überdruß! Rochel erinnert sich wieder an eines von jenen Liedchen, die sie als Mädchen den lieben Sommer hindurch vor der Tür draußen gesungen hatte:

»Ach, am Wasser muß ich stehn,
höre deine Stimme,
aus der Ferne rufst du mich,
doch ich kann nicht schwimmen,
aus der Ferne rufst du mich,
doch ich kann nicht schwimmen ...«

Aus der Ferne? Er ist doch schon sehr nah! Da ist er, Stempenju mit seiner Fiedel, seinen langen Locken, seinen schwarzen brennenden Feueraugen, die sie unaufhörlich ansehen, sie durchwärmend mit Glanz und Glut. Und sie begehrt in dieser Minute, ewig in seiner Nähe zu stehen und ewig sein Spielen anzuhören, und ewig seine schönen Augen zu sehen ...
Nur eines kann Rochel nicht verstehen: wie kommt er

hierher, Stempenju, in der halben Nacht, mit seiner Fiedel? Wie kommt er hierher mit den Verwandten? Das hat sie gar nicht verstehen können, wie sehr sie sich auch das Hirn zermarterte. Sie erinnerte sich: irgendwo in der Bethausgasse war heute Hochzeit gewesen; wie kamen dann die Verwandten hierher? Und sie begriff das Geheimnis erst dann, als sie die Musikanten mit den Verwandten schon ganz nahe, fast neben ihrer Stube sah. Erst da löste sie das Rätsel, als sie sah, wie Stempenju gerade neben ihrem Haus, gegenüber ihrem Fenster, anhielt und zu spielen begann, mit noch mehr Frische, mit noch mehr Eifer. Erst da begriff Rochel, was Stempenju getan hatte: er hat die ganze Truppe mit allen Verwandten und Gästen von der zehnten Gasse bis hierher geschleppt, an ihrem Hause vorbei – und wem zuliebe?
Anfangs war ihr das freilich recht angenehm, und ihr Herz freute sich so unbändig, daß es fast aus der Brust herausgesprungen wäre, und unwillkürlich mußte Rochel vor sich hin lachen, mit so fröhlichem Gelächter, daß sie vor ihrer Stimme erschrak. Dann warf sie einen Blick auf sich, wie sie dastand – halbnackt, den Hals nach draußen gereckt, die eigenen Haare möglichen Blicken preisgebend –, sprang schnell zurück vom Fenster, das sie eilig schloß, und warf sich ins Bett.
»Weh ist mir, wund ist mir«, dachte Rochel, »wohin man doch kommen kann, wenn man nicht rechtzeitig nachdenkt, wo man in der Welt steht. Sich mitten in der Nacht nackt ans Fenster stellen, vor solch eine Gesellschaft von Mannsbildern, und solche sinnlos-närrischen Dinge im Sinn haben, mit solch häßlichen Gedanken umgehen – nur wegen einem Stempenju ... Und Stempenju – was für ein Interesse hat er daran, eine ganze Judengemeinde über zehn Gassen zu führen? Warum, und wem zuliebe? Man muß eine Riesenfrechheit besitzen, um so was zu tun! Woher

nimmt er sie? Ich muß es ihn fragen. Man muß sehn, es soll ein Ende haben. Er will mich unglücklich machen! Ein für allemal: man muß sich mit ihm aussprechen. Wie sagt man doch: Besser der erste Zorn ... Da erzählt er dir eine Geschichte, Liebe-Schmiebe, ganz gnädig, aufs Wort; Schabbesabend, sagt er, auf der Klostergasse, dort wird er mir schon seine Absicht klarmachen ...
Ich wollte, der liebe Schabbesabend wäre schon da, da könnte ich hören, was und wie. Ich werde wohl hingehen, wovor hab ich Furcht? Vor wem? Fürchten muß man nur Gott allein. Es ist eine Heimsuchung für dich, eine beschlossene Sache, und genug. Nicht umsonst erzählt man sich so viele Geschichten ... Aber was will er von mir und meinen jungen Jahren? Und wer ist schuld, wenn nicht ich selber? Man darf ihm erst gar keinen Weg zeigen ... Mojsche-Mendel müßte jetzt hiersein, dann würde ich ihm alles erzählen. Aber wo ist er? Hört er mich denn? Was kümmert es ihn, wenn ich mich quäle, wie einer vorm Sterben? Ach, man muß das Nachtgebet sagen, bei solcher Gefahr. Es ist nicht gut, wenn man kein Nachtgebet sagt.

»Auf deine Hilfe hoffe ich, Gott!
Ich hoffe, Gott, auf deine Hilfe!
Gott, auf deine Hilfe hoffe ich.«

Rochel verkroch sich tief, tief in den Kissen, zog die Decke heftig über sich, sie wollte das Spiel der Musikanten nicht mehr hören, und sprach laut das Nachtgebet:

»Auf deine Hilfe hoffe ich, Gott!«

Aber durch das Fenster stahlen sich die süßen Gesänge von Stempenjus Fiedel, von Minute zu Minute immer leiser und ferner klingend, und Rochel sagte das Nachtgebet:

»Auf deine Hilfe hoffe ich, Gott!
Ich hoffe, Gott, auf deine Hilfe!
Gott, auf deine Hilfe hoffe ich!«

Und Stempenjus Fiedel war kaum noch aus der Ferne zu hören. Dann erstarben die letzten Stimmen. Und Rochels Augen schlossen sich allmählich, und ihre Lippen flüsterten noch, kaum hörbar: »Auf deine Hilfe hoffe ich ... hoffe ... auf deine Hilfe...« Und Rochel war eingeschlafen.

Rochel schläft, und es träumt ihr, Stempenju legt ihr eine Korallenkette um den Hals. An ihrer einen Seite steht der Schwiegervater in Gebetsmantel und Gebetsriemen, und Frejdel gibt ihm Ohrfeigen, was das Zeug hält. Mojsche-Mendel, todbetrunken, reitet auf einer Backschaufel und schneidet irre Grimassen, und Stempenju legt ihr eine Korallenkette um den Hals ... An ihrer andern Seite steht Chaje-Etel, festlich gekleidet wie zum Schabbes, geschmückt wie eine Prinzessin, lächelt freundlich und lieb und zündet viele Lichte an.
»Was tust du, Chaje-Etel?« fragt Rochel, »warum zündest du so viele Lichte an?«
»Was für eine Frage?« antwortet ihr Chaje-Etel lachend, »es ist doch Schabbesvorabend, Zeit zum Lichtesegnen!«
Rochel guckt auf die Lichte, wie hell sie brennen und leuchten, und Stempenju legt ihr eine Korallenkette um den Hals ... Er steht neben ihr, so nahe, daß sie hört, wie er atmet. Er steht und sieht ihr gerade in die Augen und wärmt sie mit seinem Blick. Rochel freut sich sehr, lacht und singt, und Stempenju legt ihr eine Korallenkette um den Hals ...

Plötzlich erlöschen die Lichte. Chaje-Etel und alles ringsum verschwindet. Es wird stockfinster und kalt wie in einem Keller, wie in einem Grab ... Der Wind bläst und pfeift, und man hört Gesang, einen traurigen Gesang. Es hört sich an wie das Spiel einer Fiedel. Schon wieder die vertraute Fiedel, Stempenjus Fiedel. Aber Stempenju selber ist nicht da, nur seine Fiedel läßt sich hören, aber so trübsinnig, so traurig wie das Schlußgebet am Versöhnungstag. Und es hört sich an, als ob einer weint und schluchzt – da weint Chaje-Etel über ihre jungen Jahre, die wie ein Traum vorübereilten; über ihren herzlieben Benjamin, der sie gegen eine andere vertauscht, der Chaje-Etel vergessen hatte, vergessen ...

»Oh, Mame!« schrie Rochel und schreckte auf, drehte sich auf die andere Seite, schlief ein und sah wieder allerlei Träume. Eine ganze Nacht wälzte sie sich und dachte, sie fühle, wie Stempenju neben ihr steht und ihr eine Korallenkette um den Hals legt. Dann kommt wieder Chaje-Etel mit schwarzen Lichten, weint und trauert und liest mit lauter Stimme Frauengebete:

»Allmächtiger Vater im Himmel, du starker Gott! Herr über allen Herren, du König über allen Königen, du Gott, der allein währt von Ewigkeit zu Ewigkeit! Zu dir soll gelangen und erfüllt werden soll von dir unser heißes Gebet. Vernimm und erhöre die Bitten der reinen Seelen, welche vor deinem Thron Gottes stehen, und flehen dich um Erbarmen für uns und für alle, die auf Erden leben, die voll Sünde sind wie ein Granatapfel. Und unsere Erzväter ...«

Chaje-Etel spricht die Frauengebete laut vor sich hin. Sie weint, sie jammert, sie klagt – und verschwindet.

XXII. ES ENTBRENNT EIN FEUER

In der Stadt Masepewka steht ein Kloster, das, so erzählt man, noch von Mazeppa erbaut worden ist. Eine hohe weiße Mauer umringt das Kloster von allen vier Seiten und berührt drei Viertel des Städtchens. Auf der einen Seite findet man die Gewölbe und die größten Läden, auf der anderen Seite tiefe Keller, wo früher, wie man sagt, die Waffen der Haidamaken versteckt waren. Jetzt werden dort Äpfel und andere Waren gelagert. Die dritte Wand ist mit Dornen bewachsen, beschützt von hohen Pappeln und anderen Bäumen, die jenseits der Wand in dem großen Klostergarten stehn. Die vierte Wand ist leer und glatt, vielerorts abgebröckelt, Lehm und Ziegel sind herabgefallen, und sie bittet schon lange Jahre, ausgebessert zu werden. Ihr gegenüber befinden sich haufenweise Häuser und Häuschen, jüdische und christliche, und die schmale Gasse zwischen Mauer und Häusern wird die Klostergasse genannt.

Dort in der Klostergasse, im Winkel, wo die Bäume beginnen, ereignete sich das erste Treffen unsrer Liebenden – Rochel und Stempenju.

Die Leser, die an hochinteressante Romane gewöhnt sind, haben durch unseren Roman schon, leider, lange genug gelitten. Es gibt keinerlei rührende Szenen und Rendezvous, keiner erschießt und keiner vergiftet sich. Man begegnet keinem Grafen und keiner Marquise. Man trifft sich immer nur mit einfachen Leuten, mit Musikanten und alltäglichen jüdischen Frauen. Die Leser warten gewiß schon lange auf den Schabbesabend, sie warten auf eine wunderbar-pikante Szene in der Klostergasse ... Ich muß aber im voraus sagen: sie warten umsonst. Keine wunderbar-pikanten Szenen werden sich ereignen. Denn Rochel kommt nicht, Gott bewahre, wie eine Sünderin, wie eine zügellose Frau, die sich in der Dunkelheit mit ihrem Liebsten küssen will. Ferne sei es ... Rochel wollte ihn nur fragen, wieso er, Stempenju der Musikant, die Frechheit haben konnte, solch eine Frechheit, ihr zu schreiben, ihr, Reb Eisik-Naftolis Schwiegertochter, Mojsche-Mendels Weib. Einen Brief, und obendrein solch einen Brief!

»Ich muß ihm das vorhalten«, dachte sie, »ich muß ihm das ein für allemal sagen. Wie heißt es: Besser der erste Zorn ...«

Dieser Gedanke war ihr nicht plötzlich gekommen. Rochel hatte eine ganze Woche Zeit, und obendrein noch den ganzen Tag am Schabbes, um sich darüber klarzuwerden. Und o weh, was hat sie an diesem einen Tag alles erleiden müssen! Welch einen schrecklichen Krieg mit dem bösen Trieb hat sie durchgestanden ...

Nein, das Wort »böser Trieb« paßt ganz und gar nicht hierher. Wie käme der zu ihr, zu solch einer jüdischen Frau, zu so einer ehrbaren jungen Frau, die nie einen Roman gelesen und von keiner Liebschaft gewußt hat – außer der Geschichte mit ihrer Freundin Chaje-Etel, Friede mit ihr, die wir oben erzählt haben. Wie käme zu ihr der böse Trieb? Liebe? Narretei. Wenn sie ein Mädchen wäre, ein freier Vogel, mit unbedecktem Kopf, ein Mensch für sich. Aber eine Frau, und eine fromme Frau aus höheren Kreisen – der reinste Adel! Sie stand selber, Tod und Verlust, in Flammen und fand keine Linderung. Sie legte sich auf ihr Bett und fühlte sich bedrängt wie von einer hitzigen Schlaffheit, als wäre man trunken im Herzen, und es siedete einem die Seele heraus, man möchte davonlaufen in die Welt.

Rochel erhob sich und nahm die Frauenbibel zur Hand, schlug den Wochenabschnitt »Er sandte ...« auf und, merkwürdig, ihre Augen blieben an der Passage hängen:

»Dina, die Tochter Leas, die sie Jakob geboren hatte, zog hinaus, sich unter den Töchtern des Landes umzusehen. Da sah Schchem sie, der Sohn Chamors des Chiwiters, des Landesfürsten. Er nahm sie, lag ihr bei und beugte sie. Seine Seele aber haftete an Dina, Jakobs Tochter, er hatte das Mädchen lieb, und er redete zum Herzen des Mädchens ...«

Rochel schaute in ihre Frauenbibel, die Schwiegermutter hatte sie ihr in der Brautzeit geschenkt, und vergaß dabei, daß sie über der Frauenbibel saß. Und ihre Gedanken trugen sie hin zu Stempenju, in die Klostergasse unter die Bäume, wo er auf sie warten will – und er wird gewiß dort warten ... Kaum war ihr Stempenju in den Sinn gekommen, zog es sie wie ein Magnet zu ihm hin, und sie verstand nicht, wie das kam.

»Ich will ihn nur fragen, was er bei mir sucht, und was er von mir will.«

Und da erinnerte sich Rochel an ihre Freundin Chaje-Etel, Friede sei mit ihr, wie sie, leider, wegen ihres Benjamin leiden mußte ... Aber Chaje-Etel war Benjamins Verlobte, und war noch ein Mädchen. Sie aber, Rochel, ist doch die Frau eines Mannes (welch ein herbes Wort für eine jüdische Tochter!). Und er, wer ist er? Ein Musikant. Was hat er mit ihr zu schaffen? Wie vertraut ist er mit ihr, daß er ihr Briefchen schreibt? Dieser Dampfsack von einem Musikanten! Eine Frechheit von solch einem Bürschchen!

»Und wenn sich die Welt auf den Kopf stellt«, so entschied sie bei sich, »und wenn sich die Welt auf den Kopf stellt, ich muß es ihm sagen. Warum hab ich Angst vor ihm? Ich werde mich mit ihm treffen, ich werde dort sein, was tut es, keiner wird mich sehen. Ich werde für eine Minute hinausschlüpfen, es ist nicht weit, gleich dort gegenüber ...«

Und Rochel blickt durch das offene Fenster auf die Klostergasse hinaus und sieht die Bäume, die hohen schwarzen Pappeln, und hört die Vögel, wie schön sie aus dem Garten herüber singen. Und ihre Gedanken schweben hinüber, wo sie später, in einer Stunde oder noch eher, sich mit ihm treffen wird, und mit ihm reden Auge in Auge. Und sie fühlt, wie ihr das Herz klopft und zappelt, und (die Wahrheit, die Wahrheit muß man sagen!) die Minuten werden ihr lang. Sie möchte, es wäre schon Nacht. Der Schwiegervater und ihr Mann werden aus dem Bethaus kommen und werden den Schabbes beenden, die Schwiegermutter wird sich umkleiden und wird zetern wegen dem Samowar und wegen der Rübensuppe für das Abschiedsmahl der Prinzessin Schabbes. Und da wird sie sich den Schal nehmen und langsam hinausgehn, durch die Tür, nur ein bißchen auf die Gasse, einfach spazieren, wer wird sich da nach ihr umschaun? Bis sie dorthin kommen wird, wo ... Der Leib zittert ihr, die Wangen feuern, und das Herz, ach, das Herz! Nun, es fällt ihr nicht heraus. Und je länger es dauert, um so mehr zieht es sie zu ihm hin, daß sie schon nichts anderes mehr denken kann. Nur die Bäume vom Klostergarten sieht sie vor sich, nur Stempenju mit seinen flammenden Augen, und hört nur noch das Singen der Vögel dort aus dem Garten und das göttliche Spielen Stempenjus.

In dieser Minute war Rochel einem einzigen Gedanken hingegeben: zu Stempenju, mit Stempenju! Und zu dieser Zeit war keine Sache der Welt imstande, sie aufzuhalten.

XXIII. DAS FEUER BRENNT UND WIRD BALD GELÖSCHT

Stempenju, kaum war es Nacht geworden, entließ seine Musikanten zu einem Schabbes-Abend-Tanz. Er selber nahm die Fiedel unter den Arm, damit Frejdel meinen sollte, auch er sei auf der Hochzeit. Aber vor dem Haus übergab er die Fiedel an Mechtschi, und wie von allein trug es ihn in die Klostergasse. Dort ging er im Schatten der Bäume auf und ab, blieb alle Augenblicke stehen und hielt Ausschau, von wo die schöne Rochel kommen würde. Denn daß sie kommen würde, daran war für ihn kein Zweifel; die innere Stimme sagte Ja, denn er hatte es ihren Augen angesehen, damals, als sie sich trafen, bei Frejdel, beim Anprobieren der Korallen.

Und Stempenju irrte sich nicht. Keine fünfzehn Minuten waren vergangen, da schwebte von der andern Seite der Gasse eine Gestalt mit weißem Kopftuch heran. Sie ging rasch und sah sich nach allen Seiten um. Das weiße Tüchlein hatte sie bis zu den Augen heruntergezogen. Es zitterten ihr die Hände, und die Zähne im Mund, das Herz in der Brust, und der ganze Leib. Sie suchte, stand, sah Stempenju und stürzte auf ihn zu mit den Worten:

»Was für eine Frechheit, frage ich Euch ...«

»Sag nicht ›Ihr‹, Rochel, sag ›du‹ zu mir«, gab Stempenju zur Antwort, nahm sie an beiden Händen und sah ihr in die Augen. Rochel sah in seinen Augen den Glanz der Sterne, die in dieser schönen Sommernacht vom dunkelblauen Himmel herab blinkten.

Alle Juden von Masepewka vollzogen die Zeremonien zum Schabbes-Ausgang und sangen, wie es Sitte ist, vom Propheten Elia, seufzten und grübelten, zermarterten sich das Hirn wegen der schlechten Geschäfte und wünschten sich das Verdienst jenes frommen Juden, der das Glück hatte, dem Propheten Elia zu begegnen und ihm Frieden zu wünschen und von ihm Frieden zu nehmen. Die Masepewker Frauen legten Kopfbedeckung, Schabbeskleidung und Schmuck ab und begannen mit der Wochentagsarbeit. Mit einem Wort, Masepewka ist damit beschäftigt, den heiligen Schabbes hinauszugeleiten, und keiner kommt auf den Gedanken, zur gleichen Zeit könnte Rochel, Dwossje-Malkes Schwiegertochter, mit dem Musikanten Stempenju in der Klostergasse stehen und wegen einiger gar nicht jüdisch-frommer Angelegenheiten ein Gespräch haben ...

Nur die Sterne, die mit ihrem Glanz herabschauen, nur die hohen Klosterpappeln, nur die Nachtvögel im großen Klostergarten, die sich in ihrer eigenen Sprache etwas zurufen, nur sie hören dies alles; nur sie wissen, daß in dieser schönen zaubrigen Nacht unter den Klosterbäumen, in der christlichen Gasse und dicht bei diesem Stempenju Rochel sich in einer so neuen Lage fand, daß sie völlig vergaß, wer und was sie war. Dort in der schönen, prachtvollen Natur fühlte sich Rochel wie noch nie in ihrem Leben. Die Angst, die sie befallen hatte, als sie herkam, war plötzlich von ihr abgefallen, und es schien ihr, als wären ihr Flügel gewachsen, sie wäre frei wie ein Vogel und könnte fliegen, fliegen ... Stempenju rückte näher an sie heran und legte ihr seine Hände auf die Schultern; Rochel überkam ein Zittern, sie wollte sich von ihm lösen, aber sie tat es nicht. Sie sah Stempenju an, und von ihren leuchtenden blauen Augen fielen zwei Tränen.

»Was weinst du, Rochel?« fragte Stempenju und wischte die Tränen mit seinen Händen ab.

»Ach, Stempenju, es ist mir so gut da neben Euch, neben dir, Stempenju! Warum bin ich ... Warum bin ich nicht ...«

»... mein, willst du sagen? Du bist mein, Rochel, du bist mein.«

»Was heißt, ich bin dein, Stempenju – wie kann das sein?«

»Du bist mein, verstehst du mich, du mein Herz, weil ich dein bin, für immer und ewig, bis zur finsteren Grube. Bis ins Grab bin ich dein, du mein Leben!«

»Benjamin hat auch so geredet, hat geschworen, und zum Schluß ...«

»Was für ein Benjamin?« fragte Stempenju verwundert. Er blickte Rochel an, wie man ein kleines Kind ansieht, wenn es eine wilde Narrheit sagt. »Von was für einem Benjamin redest du, meine Seele?«

»Benjamin, Chaje-Etels Stiefbruder. Meine Freundin Chaje-Etel die Waise hatte einen Stiefbruder, mit Namen Benjamin, und sie hatten schon lange abgesprochen, daß sie sich nehmen wollten. Er hatte ihr geschworen bei seinem heiligen Glauben, und zum Schluß – hatte sie ein schlimmes Ende, Chaje-Etel, leider, sie ist schon lange gestorben, Friede mit ihr, möge sie mir verzeihen. Benjamin war für sie das Leben, sie hat sich nach ihm verzehrt. Das alles hat sie mir selber erzählt ... Sie steht mir vor Augen, sitzt am Fenster, und ich sing ihr Lieder vor, und sie weint und sagt immer: ›Ach, glaub ihnen nicht, den Männern, man darf ihnen nicht glauben.‹«

Rochel erzählt von ihrer Freundin, von Chaje-Etel der Waise, und Stempenju küßt Rochel die Hände, streichelt und umhalst sie, sieht ihr in die Augen – und Rochel erzählt alles von Chaje-Etel, die still verloschen war wie ein Licht, vor Sehnsucht nach ihrem lieben getreuen Benjamin ...

Chaje-Etel war schon etliche Jahre tot, aber Rochel erinnerte sich deutlich an sie. Chaje-Etel war ihr oftmals im Traum erschienen. Jetzt dachte sie, Chaje-Etel stünde jenseits der Mauer, in Totenkleider gehüllt, und blickte herüber und winkte ihr zu. Da, sie zeigte auf Stempenju und schüttelte mit dem Kopf, als wollte sie sprechen: Was tust du da!

»Was nützt es dir, Rochel, mein Leben, was nützt es, solche Sachen denken und davon reden, und das mitten am Abend? Sieh mich lieber an mit deinen schönen blanken Augen, sie leuchten und glitzern wie zwei kostbare Brillanten …«

Stempenju hatte das letzte Wort noch nicht ausgesprochen, da riß sich Rochel von seinen Händen los, mit solcher Kraft, daß Stempenju vor ihr erschrak.

»Gott sei mit dir, Rochel, was ist dir geschehen?«

Er wollte sie wieder umfangen, aber sie ließ es nicht zu, sie zitterte und flüsterte: »Siehst du, da ist sie … da steht sie … da guckt sie herüber, herüber …«

»Wer steht? Wo steht jemand? Was redest du? Meine Seele, komm her, nimm meine Hand …«

»Ach, laß mich, laß mich, Stempenju. Laßt mich, Ihr seht? Da steht etwas Weißes! Ach, sie ist es, Chaje-Etel! Ach, laßt mich, laßt mich … Was für eine Frechheit … frag ich Euch! Gute Nacht! Gute …«

Und Rochel verschwand im Schatten der Bäume. Stempenju sah nur die zwei Enden ihres weißen Schals im Wind flattern wie zwei weiße Flügel. So fliegt ein guter Engel davon, so verschwindet ein guter Traum … O jüdische Tochter, so hast du deine Ehrbarkeit bewiesen, deine Treue, deine Ergebenheit!

Heimgekommen, wollte es Rochel vor allen hinaussagen, hinausschreien, wo sie gewesen war, und mit wem sie sich getroffen hatte. Aber die ganze Familie saß rings um den Tisch mit etlichen Gästen, bei einem großen Samowar, in ein wichtiges Gespräch über Geschäfte vertieft, wie es Schabbes nachts bei Juden Sitte ist – irgendwo sich versammeln, um nach dem langen Tag der Ruhe noch ein wenig über den Handel, über den morgigen Jahrmarkt und über die Weltlage zu reden.

»Ich werde nicht taschen« (›taschen‹ heißt in Krämersprache: sich mit Waren auf den Jahrmarkt stellen), sagte ein grobschlächtiger Jude, ein Schnittwarenhändler, »in die Erde damit. Ich kenn mich in Jahrmärkten aus, nur Kummer und Herzkrämpfe kann man bei solchen Jahrmärkten gewinnen.«

»Warum?« ruft Dwossje-Malke, die Hände unterm Herzen gefaltet, »ich weiß nicht, Reb Judel, warum Ihr so wütend seid auf den Jahrmarkt? Vor acht Tagen sah ich bei Euch, unberufen, ein solches Gedränge, möge es über alle Juden gesagt werden. Ihr hattet, denk ich, den ganzen Tag eine Menge Gelderlös.«

»Bei dir heißt alles Gelderlös«, rief Eisik-Naftoli, sah die Frau nicht an dabei, und warf die Kugeln des Rechenbretts.

»Ich möchte mir keinen schlimmeren Jahrmarkt wünschen als am Sonntag vor acht Tagen«, rief Mojsche-Mendel und las in einem Bündel Rechnungen, »was soll man da leugnen? Versteh ich nicht?«

»Das ist doch die Geschichte«, sagte Judel, »daß ihr mir nicht glauben wollt. Wenn bei mir zehn Unbeschnittene zusammenkommen und mir den Kram durcheinanderbringen, heißt das schon Gelderlös, und man gönnt es mir nicht.«

»Wißt Ihr was, Reb Judel«, rief ein junger Mann, der auf beiden Augen schielte, »lassen wir den Jahrmarkt beiseite, morgen ist ein guter Tag dafür, und man wird davon noch reichlich satt werden; laßt uns lieber über anderes reden!«

Und die Runde fängt an, über die Weltprobleme zu reden. Über Paradiesäpfel, über Lehrhausangelegenheiten und, wie gewöhnlich, auch über Krieg. Alle reden, alle rauchen, der Samowar siedet und dampft, und die Stube ist voll Qualm. Der Ofen heizt, es brodelt der Borschtsch mit Gänseklein für das Schabbes-Ausgangs-Mahl.

»Wo bist du gewesen, Rochel?« wandte sich Dwossje-Malke zur Schwiegertochter.

»Da auf der Klostergasse.«

»Wie ist es draußen? Schön? Gott soll helfen, daß es vorhält bis nach den Jahrmärkten ... Was ist dir, Tochter? Tut dir der Kopf weh? Warum bist du so blaß? Vielleicht solltest du dich ein bißchen auf dein Bett legen?«

Bei diesen Worten drehten sich alle um und sahen Rochels bleiches Gesicht und beschlossen alle mit einer Stimme, es sei der Rauch vom Samowar. Rochel ging in ihr Zimmer, um sich auf ihr Bett zu legen, und die ganze Runde redete über Rauch. Nur ein Rauch, eine Kleinigkeit, man denkt gar nicht, was er für Unglück stiften kann. Er kann, leider, einen Menschen umbringen. Und einer erzählte, bei seinem Großvater, Friede sei mit ihm, wäre einmal beinahe die ganze Familie aus der Welt gegangen, bloß wegen Rauch. Und ein anderer erzählte eine noch schönere Geschichte: wie sich bei seinem Vetter fast das ganze Hausgesinde an einer Art Fisch vergiftet hatte (der Name war »Marinke«), so daß man sie kaum vor dem Tode erretten konnte. Der dritte erzählte auch eine sehr schöne Geschichte von einem Kobold, einem Hausgeist, einem aus der Chaoswelt der irrenden Toten, so lange, bis man auf den Tod zu sprechen kam.

»Warum soll man nicht drüber reden, einmal muß man doch bei ihm ankommen«, rief ein anderer.

»›Elia der Prophet‹ ... man muß nachsehen ... ›Elia der Tischbite‹ ... was meine Frau macht ... ›Elia von Gilead‹ ...«, sagte Mojsche-Mendel plötzlich leise, während er die »Elias« der Schabbesnacht sang. Er stand vom Tisch auf und ging, um nach Rochel zu sehen.

XXIV. ROCHEL KEHRT AUF DEN RECHTEN WEG ZURÜCK

»Hilfe, Juden, rettet!« ertönte eine Stimme aus dem Seitenzimmer, und alle stürzten hin, wo Rochel ausgestreckt auf dem Bett lag, den Kopf zurückgeworfen. Und neben ihr stand Mojsche-Mendel, halb tot.

»Was ist? Wer ist? Ohnmächtig geworden? Wasser! Schneller!«

»Wasser, Wasser!« schrien alle Juden, und keiner rührte sich von der Stelle.

»Ach, eine Plage in die Mutter!« schrie Dwossje-Malke und brachte ein Maß Wasser, füllte sich den Mund damit und spritzte es Rochel ins Gesicht, die hingestreckt lag, tot wie eine Wand.

»Man muß einen Doktor rufen!« schrie Mojsche-Mendel mit ganz fremder Stimme.

»Den Doktor, den Doktor!« riefen wiederum alle Juden und rührten sich nicht von der Stelle.

»Man muß ihr mit einem Taschentuch die Hände zusammenbinden, man muß ihr die Nase quetschen!«

»Die Nase, die Nase!« schrien alle Juden und rührten sich nicht.

»Ja, so, Dwossje-Malke, stärker!« feuerten die Gäste die Hausherrin an, die mit allen Mitteln an der Arbeit war – rieb, quetschte, Wasser goß, die Augen gewalt-

sam öffnete, bis man die ohnmächtige Rochel wieder wachgerüttelt und aufgesetzt hatte.
Rochel sah sich nach allen Seiten um, wie verschlafen, und fragte: »Wo bin ich? Es ist mir heiß, heiß ...«
»Geht jetzt, Leute, geht jetzt«, sagte Dwossje-Malke und trieb die ganze Runde wieder in das Wohnzimmer. Und sie blieb mit Mojsche-Mendel neben Rochel, die kein Auge von Mojsche-Mendel ließ.
»Was ist dir geschehen, Tochter?« fragte die Schwiegermutter.
»Was ist dir, Rochel?« fragte Mojsche-Mendel und beugte sich tief hinunter zu ihrem Kopf.
»Laß die Mutter hinausgehn«, gab Rochel leise zur Antwort.
»Mame, verzeih, geh hinaus«, sagte ihr Mojsche-Mendel, geleitete die Mutter aus dem Zimmer und kam zu Rochels Bett zurück.
»Sag mir, was ist dir?« wandte sich Mojsche-Mendel ihr zu, erstmals mit herzlicher Liebe.
»Ach, Mojsche-Mendel, schwör mir, daß du keinem etwas sagen wirst, schwör mir, daß es unter uns bleibt! Versprich, daß du mir verzeihst, was ich gegen dich ... Wenn nicht Chaje-Etel, Friede sei mit ihr, mich erinnert hätte, ach, wenn nicht Chaje-Etel ... O Mojsche-Mendel, mein Lieber!«
»Rochel, bedenke, was du sagst! Du redest im Fieber! Was für eine Chaje-Etel?«
»Meine Freundin Chaje-Etel, Friede mit ihr, Chaje-Etel die Waise, die schon lange in der wahren Welt lebt. Sie ist mir im Traum schon etliche Male erschienen, aber heute, aber jetzt ... Ach, Mojsche-Mendel, beug dich nahe zu mir, nahe, ja, so ... Ich hab Angst ... und Reue ... Oh, ich bereue ...«
Und Rochel rückte immer näher an Mojsche-Mendel heran, bis sie auf seinen Händen lag. Im Zimmer war

es finster, nur ein heller Streifen kam durch die Tür vom Wohnzimmer herein. Rochel und Mojsche-Mendel konnten einander kaum sehen. Ihre Augen begegneten sich, und es zündete sich in ihnen ein Feuer – eben das Feuer, das ihr nur bei den glücklich Liebenden finden könnt, wenn zum erstenmal das Herz redet, nicht der Mund, wenn man mit den Augen spricht, und nicht mit dem Mund.

»Sag mir, Mojsche-Mendel, Getreuer, bin ich dir wirklich so lieb?«

»Das ist eine Frage«, antwortet ihr Mojsche-Mendel, »bist mir eingebacken im Herzen wie eine … ich weiß selber nicht was …«

Anders konnte Mojsche-Mendel seine Liebe zu Rochel nicht aussprechen; aber man kann ihm glauben, daß er es von ganzem Herzen meinte, so ernst wie (oder vielleicht noch ernster als) der feine Bursche, der viel mehr Möglichkeiten kennt, seine Gefühle in Form von Wörtern zu verausgaben … Lassen wir sie allein, das glückliche Paar in dem dämmrigen Zimmer, wo sie ein Jahr nach der Hochzeit zum erstenmal Gelegenheit hatten, einer vor dem andern ein wenig das Herz auszuschütten, sitzend wie die Tauben; und was ein ganzes Jahr tief im Herzen verborgen war, schwamm plötzlich herauf wie Öl auf dem Wasser …

Als es Rochel ein wenig leichter geworden war, saß Mojsche-Mendel neben ihr und sang leise, unter der Nase, die Elias wie früher: »Elia der Prophet, Elia der Tischbite, Elia aus Gilead …«, da ruft Rochel ihm zu: »Ich hab eine Bitte an dich, wirst du mir die erfüllen oder nicht?«

»Nämlich? Was für eine Bitte? Sag, Rochel, ich werd dir alles erfüllen, und wenn du den Mond vom Himmel herunterwünschst, ich erfüll es dir.«

»Lange genug, Mojsche-Mendel, sitzen wir hier in Kost. Du bist kein Lehrhausbursche mehr, etliche Rubelchen besitzen wir, Gott sei Dank. Laß uns in meine Stadt übersiedeln, nach Jehupez, dort bei meinen Freunden, meiner Familie, und mit dir – da wird es mir gut sein wie die Welt. Und wir werden allein wohnen. Genug Kost gegessen, aufs Wort, es hängt mir zum Hals raus, es ist so schlimm, daß ich es nicht länger ertrage ... Wir leben hier unter den Deinen wie Fremde, wie Wildfremde ...«

Mojsche-Mendel blieb sitzen und betrachtete Rochel mit einiger Verwunderung; dabei schaukelte er wie vorher und sang weiter seine Elias.

»Gut ... ›ein zorniger Mann‹ ... meinetwegen ... ›Elia der Prophet‹ ... sogar noch in der Schabbeswoche.«

»Alles werd ich für dich tun, alles!« sagte Rochel zu ihm mit herzlicher Liebe. »Gelt, wir werden für uns allein sitzen, ich werde eine Hausherrin sein und werde dich hüten wie einen Augapfel. Ach, Mojsche-Mendel, du bist immer so zerstreut, man hört keinmal ein gutes Wort von dir. Aber heute bist du anders, ganz anders ...«

»Elia der Prophet«, singt Mojsche-Mendel leise, »Elia der Tischbite, Elia aus Gilead ...«

Und dort im Wohnzimmer, unter den Männern, geht ein anderes Gespräch. Die Runde verfällt auf verschiedene Vermutungen, weshalb Eisik-Naftolis Schwiegertochter plötzlich ohnmächtig werden konnte? Einer sagt, das käme von einem bösen Blick; der andere meint, im Gegenteil, es sei eine Art Erkältung; und der dritte, ein betagter Jude, dessen Kinder schon verheiratet sind, spricht seine Meinung aus:

»Glaubt mir, ich hab selber drei Schwiegertöchter, ich bin mir über diese Angelegenheit im klaren; ich sag euch, es ist was unterwegs, Eisik-Naftoli kann sich auf Branntwein mit Honigkuchen oder auf eine Beschneidung vorbereiten ...«

»Dwossje-Malke, gut Glück für Euch! Eure Schwieger-

tochter, nun, mit Vergnügen … Was schämt Ihr Euch so, Dwossje-Malke? Was tut es, es ist eine jüdische Sache … «

Dwossje-Malke schmilzt dahin vor Vergnügen. Danach hatte sie schon lange Ausschau gehalten.

»Nun«, sagt sie, als wäre sie böse, »geht mir weg mit euern Späßchen! Man sollte lieber nachsehen, was mit dem Borschtsch ist? Es dauert heute länger als an allen andern Schabbesabenden!«

XXV. EIN JAHR DANACH

»Ein stiller Abend«, sagt der Leser, offenbar sehr unzufrieden, weil er von jenen »hochinteressanten« Romanen erzogen wurde, wo man sich erhängt, ertränkt, vergiftet, erschießt; oder wo ein Lehrer zum Grafen wird, ein Dienstmädchen zur Prinzessin, und ein Hilfslehrer sich in eine Schlange verwandelt … Was soll ich tun, wenn bei uns keine Grafen und keine Prinzessinnen vorkommen? Bei uns gibt es nur einfache Juden, einfache Frauen, jüdische Töchter und jüdische Musikanten …

Aber warum muß ich mich dafür verantworten? Jetzt mag der Leser schon sagen, was er will, hab ich ihn bis hierher geführt, wird er auch weiter mit mir gehn und das Ende wissen wollen. Wie geht es mit Rochel aus? Wie geht es mit Stempenju aus?

Wir überspringen ein ganzes Jahr (was ist schon ein Jahr in einem Menschenleben?) und kommen zu Eisik-Naftoli am Schabbesabend, zur Verabschiedung der Prinzessin Schabbes. Und wir treffen dort dieselben

Personen wie vor einem Jahr, und hören sie dasselbe reden wie vor einem Jahr, nicht um ein Haar anders. Man redet lange über den Jahrmarkt, über den Verdienst, über Kinder, bis man auf Mojsche-Mendel und Rochel zu sprechen kommt, die jetzt in Jehupez wohnen.

»Zeig nur her, Dwossje-Malke, was die Kinder von Jehupez schreiben«, ruft Eisik-Naftoli seiner Frau zu, »das Briefchen, hier, lest, Reb Judel.«

»Laß ihn lesen«, sagt Reb Judel und zeigt auf den schielenden jungen Mann. Der Schielende nimmt den Brief und liest ihn wie Wasser herunter:

»Frieden und alles Gute, Sela, meinem geliebten Vater, dem weisen, berühmten und wunderbaren Gelehrten, dem großen Rabbi Eisik-Naftoli, Sohn des Mojsche-Jossef, sein Andenken sei gesegnet –

und meiner Mutter, der züchtigen, frommen, berühmten Frau, tüchtig wie Ester und Abigail, der glänzend-ehrenhaften Dame Dwossje-Malke, Tochter des Mojsche-Mendel, sein Andenken sei gesegnet, und der ganzen Familie Heil ...

Wie der Glanz der Sonne aus dunklem Regengewölk die Purpurbläue des Horizontes hervortreten läßt und ein Licht der höchsten Himmelshöhen durch Teuerung und Erstarrnis zur Klarheit führt ...«

»Nein«, schreien alle, »nein, nicht! Das sind solche Phrasen, Kindereien, Närrischkeiten, lest auf der andern Seite weiter!«

Der junge Mann wendet den Brief und liest:

»Und wegen dessen, was Du mich fragst, teurer Vater, ich soll Dir über Verdienstmöglichkeiten und Waren in Jehupez berichten, will ich Dir vermelden ...«

»Das meint der Bibelvers!« sagte die Runde zufrieden, »lest, lest weiter!«

»... will ich Dir vermelden, daß vor allem Schnittwaren sehr gut gehen; auch im Ballen, aber im Ballen nicht so wie Schnittware. Auch Lebens- und Genußmittel gehen nicht schlecht, nicht schlechter als vieles in Masepewka. Wollzeug ist hier sehr teuer und wird mit Gold aufgewogen. Zucker, Mehl und Kleie ist hier auch ein Geschäft, es geht ins Ausland, und die Juden verdienen dabei einen schönen Rubel – nun, Jehupez ist ein gesegneter Ort. Die Stadt selber ist furchtbar groß, es ist lohnend, sie zu besichtigen. Insgesamt ist es hier in Jehupez eine ganz andere Welt, Ihr könnt hier solchen Juden begegnen, daß Ihr im Leben nicht sagen würdet, es ist ein Jude. Auch mit Papier kann man hier einen Handel machen. Hier ist alles ein Geschäft. Und Juden drehen sich da auf der Börse herum, kaufen und verkaufen allerlei Aktien, und Makler verdienen Geld in Massen.

Auch mein Weib, Frau Rochel, läßt Euch alle gar freundlich grüßen, sie schreibt Euch noch selber, auf daß wir von Euch auch so gute Freudenbotschaften hören, Amen.

Auch teile ich Euch mit, daß der Laden, den ich gemietet habe, direkt an der Alexandrowski-Straße liegt, und der Erlös ist, mit Gottes Hilfe, gar nicht übel. Mein Weib, Frau Rochel, sie soll leben, hat das Handwerk schon gelernt und kann mit den Kunden reden, nur auf die Jahrmärkte zum Einkaufen fahre ich selber, ich habe Kredit bei Kaufleuten in Moskau und Lodz. Mit Moskau ist nicht schlecht handeln, Moskau verkauft auf Treu und Glauben und mag einen jüdischen Kunden; sogar wenn man Bankerott macht, unterstützt einen Moskau und läßt einen nicht fallen.

Wohnungen sind hier sehr teuer, für zwei Zimmer mit Küche zahle ich da 175 Rubel im Jahr, ein Vermögen, ohne Holz und Wasser, hier ist alles teuer wie Gold. Meistens befassen sich die Juden mit Maklergeschäften, und jüdische Makler gibt es hier massenweise, und ein Jude hat davon einen reichlichen Rubel. – Nun, Jehupez ist ein Ort des Verdienstes, gebe Gott Gesundheit und Kraft und das nämliche zu hören von Euch, wie es Euch erhofft Euer Sohn, der Euch Frieden und Glück wünscht alle Tage

Mojsche-Mendel,
Sohn des gelehrten Rabbis Eisik-Naftoli aus Masepewka

Grüße an den teuren Onkel und die teure Tante mit all ihren Angehörigen.
Grüße an den vornehmen Reb Judel mit all seinen Angehörigen.
Grüße an den vornehmen Reb Simche-Hersch m. a. s. A.
Grüße an den vornehmen Reb Dojber m. a. s. A.
Grüße an die vornehme Frau Stissje-Bejle m. a. s. A.
Auch mein Sohn Jossef, sein Licht möge leuchten, grüßt Euch alle gar freundlich.

Der Obengenannte

Auch ich grüße meinen hochgeschätzten Schwiegervater und meine liebe Schwiegermutter, möge es Ihnen wohlergehen.
Ich vermelde Euch, daß ich gesund bin, gebe Gott, daß es auch in Zukunft nicht schlechter wird. Auch mein Jossel läßt grüßen und dankt der lieben Schwiegermutter vielmals für das Hemdchen. Er verspricht Euch dafür, daß er, wenn Gott sein Leben erhalten wird und er, so Gott will, in drei vier Jahren in die Kinderschule gehen wird, er mit Gottes Hilfe eifrig lernen wird und, wenn Gott will, ein ehrbarer Jude werden wird, geb Gott ihm ein langes Leben, Amen.
Liebe Schwiegermutter, wenn Ihr jetzt für Jossel ein Käppchen und ein Paar Schuhchen aus Wolle stricken könntet, wäre ich Euch sehr dankbar. Denn ich bin sehr beansprucht im Geschäft, aber ich will für Jossel keine Amme nehmen, es ist nicht lohnend; ich habe nur ein Mädchen gedungen und zahle ihr vier Rubel,

sie wiegt mir das Kind und treibt die Kuh auf die Weide. Ihr solltet sehen, was ich für eine Kuh gekauft habe! Sie gibt ganze vier Maß Milch, sehr gute Milch, und ich habe, gelobt sei Gott, Käse und Butter von ihr. Aber mein lieber Mojsche-Mendel mag plötzlich nichts Milchiges, scheltet ihn aus, ich bitte Euch, er paßt gar nicht auf sich auf! Jossel schreit jetzt, er will, leider, essen, ich muß ihn versorgen. Ich schließe meinen Brief und grüße alle unsere Verwandten und lieben Freunde gar herzlich und bitte Euch, schreibt mir Antwort, um Gottes willen. Ich verbleibe Eure glückwünschende und sehr ergebene

Schwiegertochter Rochel.«

»Nun«, sagt der vierschrötige Berl, »wenn nur über meine Kinder nichts Schlimmeres gesagt werden könnte!«

»Ihr sündigt, Dwossje-Malke, aufs Wort, Ihr sündigt!« sagt Judel.

»Gewiß, ein Dank Seinem lieben Namen, daß es ihnen, unberufen, gut geht. Aber sie macht mir Sehnsucht, ich kann sie nicht vergessen, Reb Judel, ich kann sie nicht vergessen.«

Und Dwossje-Malke zählt Reb Judel alle Vorzüge ihrer Schwiegertochter und alle ihre Freundlichkeiten her und beweist ihm, warum sie nicht vergessen kann. Die ganze Runde redet, plaudert über Jehupez und den Handel in Jehupez. Danach nimmt man einen Kaffee, man trinkt »aufs Leben!« und hält das Kelchglas sehr lange in der Hand, und man wünscht alles Gute, einer dem andern, und dem ganzen Volk Israel gute Nachrichten mit Heil und Trost, bis der Borschtsch auf den Tisch kommt und im Raum einen erquicklichen Duft verbreitet. Und die Runde wird fröhlich, man verplaudert sich, und man vergißt Mojsche-Mendel und Rochel mitsamt der Stadt Jehupez und allem Drumherum.

XXVI. STEMPENJU LERNT DEN WAHREN GESCHMACK DER HÖLLE KENNEN

Nur ein Mensch kann die schöne Rochel nicht vergessen.

Der Leser merkt, daß von Stempenju die Rede ist. Ja, über Stempenju wird geredet. Wer ist imstande, seine großen Leiden wiederzugeben? Wer kann sein Gefühl mitfühlen und seinen Kummer verstehn?

»Was heißt Kummer! Was heißt Ärger!« denkt Stempenju, »sie hat nicht an mich gedacht, nicht die Zunge gewälzt, keine zwei zerbrochene Wörter aufgeschrieben, und sei es nur aus Pflichtgefühl: da, wisse wenigstens, daß ich wegfahre ... Pfui Schande!«

So etwas war Stempenju noch nie begegnet, obwohl ihm doch schon allerhand begegnet war, und einmal sehr schlimm, mit einem bösen Ende, wie wir schon oben erinnert haben ... Aber so einen Unfall, so eine Niederlage wie mit Rochel hatte er sich nie erträumt. Stempenju, der am Hofe des Rebben so angesehen war, daß sogar des Rebben Töchter mit ihm ihre Späße machten ... Stempenju, von dem die Gräfin Brzezeska samt allen ihren Herrschaften richtig hingerissen war, daß sie die Kalesche nach ihm ausschickte und französisch mit ihm redete. Nun, Stempenju hat solch eine Nase gehabt – und dann wurde ihm so schlimm von einem einfachen jüdischen Weibel mitgespielt.

»Sie macht mir herzlich Sehnsucht«, gestand Stempenju seinen Musikanten-Kumpanen, »sie macht mir Sehnsucht, dieses Weibel, und ich wäre ihr nachgefahren bis Jehupez, wenn nicht ... Wenn nicht ...« Stempenju blickt sich nach allen Seiten um, und die Truppe weiß schon, wen er mit den Augen sucht.

Die ganze Musikantentruppe liebte ihren Stempenju

wie das Leben und war bereit, für ihn durch Feuer und durch Wasser zu gehen. Und so sehr sie Stempenju liebten, so haßten sie Frejdel. Sie mochten sie nicht wegen ihres Geizes und ihrer Geldgier und wegen all ihrer Bösartigkeiten.

»Solange er Junggeselle war«, sagten die Freunde unter sich, »da war der Rubel bei ihm herrenlos, und man konnte an seiner Seite zu was kommen – mal ein zinsfreies Darlehen für ewig, einen Dreier, einen Fünfer, und mal ein Geschenk. Jetzt, seit ihn das böse Weib, Gott vertilge ihren Namen, in ihre Tatzen genommen hat, verzehrt er sich selber nach einem Groschen. Verschwunden sind die einstigen Jahre mit den einstigen Abendessen bei Stempenju, und die Herumfahrerei. Heute kannst du krank liegen, ausgedörrt, oder geschwollen wie ein Berg vor Hunger, das ganze Jahr ohne ein Stück Brot sitzen und auf das Fest des Monatsbeginns im Elul warten! Sag ihr, sie soll uns aus Pflichtgefühl mal beehren: was zum Naschen und ein Gläsel Tee, und aus Anstand mal zum Essen einladen – die Würmer sollen ihr den Leib zernagen!

Glaubt mir, jetzt gibt es manchmal Zeiten, da giert man nach etwas Eßbarem, daß es ein Schreck ist; aber die könnte mir dafür Gold herlegen, von so einem Scheusal würde ich kein Krümel Brot nehmen.«

»Wie lebt er mit ihr, mit so einer Eidechse, mit so einem Aas? Ich hätte sowas schon lange vergiftet oder aufgehängt. Bei allen Teufeln, so wahr ihr mich leben seht!«

»Ach, Stempenju, Stempenju, da liegst du leider in der Erde, wie ein Berg, und bäckst Brezeln! …«

So redeten sie über Stempenju, seine Musikanten-Kumpane, die seine Leiden sahen und seine Schmerzen fühlten, auch wenn er mit ihnen nicht darüber sprach. Wenn Frejdel auf dem Markt war oder mit ihren Pfändern und Kunden beschäftigt, ist es noch wie einst: Stempenju beehrt die Truppe mit Zigaretten, man sitzt, man witzelt, man erzählt Geschichten von früher, und man dreht die Papirossen, was das Zeug hält. Doch wenn Frejdel hereinkommt, wird allen düster ums Herz, und die Gruppe bricht auf, einer nach dem andern.

»Seht nur, wie man wieder geraucht hat, wie in einer Kneipe«, sagt Frejdel, rümpft die Nase und besieht sich das Päckchen Tabak, das schon fast leer ist. »Nur geraucht, nur gepafft, und genug. Mir tut der Kopf weh von euren Zigarren, ihr werdet mich noch krank machen. Du meinst, Stempenju, es ist ein Vorzug, daß du so viel rauchst? Hör auf mich, Stempenju, mach Schluß mit dem Rauchen, meine Seele! Glaub mir, es schadet deiner Gesundheit.«

»Was kümmert dich, Frejdel, meine Gesundheit? Sag lieber, daß du mir die paar Kopeken für Zigaretten nicht gönnst, und genug. Warum solch ein Schabernack?«

»Ich will sein Gutes, und er kommt mir mit Schabernack! Da hast du, wenn das geizig ist, am schönen Frühmorgen, den ich heute hatte: mich abgeplackt, mir das Wasser ausgekocht, das Herz gegessen und – keinen Groschen erlöst; und dann noch beschimpft werden wie eine Dienstmagd, schlimmer wie eine Dienstmagd, das Gesicht mit Ruß und Dreck verschmiert; und die Ware liegt und verfault ...«

»Ich möchte gern wissen, Frejdel-Herz, warum du dich so abquälst? Warum gierst du? Verlangen es deine Kinder von dir?«

»Guck ihn nur an, ich bitt dich, dieses Häufchen Nichts. Er weiß nichts, man muß ihn in die Zunge picken. Ich sag dirs: wahrscheinlich trag ich das alles zur Mutter hin, zu meiner, ja, Stempenju? Oder ich esse alles selber auf, so eine Fresserin und Säuferin wie dein Weib, man müßte vor ihr behütet und bewahrt werden, ja, Stempenju? Nun guck mir gleich in die Augen, Stempenju, gelt?«

»Ich sag doch nicht, du ißt es auf. Im Gegenteil, umgekehrt, ich sag ...«

»Du sagst, du sagst, ich weiß, was du sagst; du hast noch was zu sagen, ja, Stempenju? Du hast noch Einwände gegenüber Gott, der dir so eine Verschwenderin wie mich geschickt hat – die aus einem Groschen zwei machen kann und Tag und Nacht nur dich im Sinn hat? Umgekehrt, sag, was fehlt dir, was geht dir ab? Du schweigst? Ich möchte nur wissen, wo du dich jetzt mit deiner Fiedel herumdrücken würdest, Stempenju, wenn du nicht mich zum Weibe hättest?«

»U-wa!«

»Du sollst nur wissen, dein U-wa zeigt mir, du hast ganz vergessen, wie du zur Hochzeit ausgesehen hast: kein Hemd auf dem Leibe, kein ganzes Paar Socken, kein Kissen und kein Überzug, kein Leib und Leben. Und verdient hattest du Goldstücke – wo waren die hin?«

»Ich fliege, um dir Rechenschaft zu geben über meinen Verdienst als Junggeselle ...«

»Ja, das ist doch die Geschichte mit dir, Stempenju! Du kannst nicht leiden, daß man dir die reine Wahrheit sagt, und hast noch Einwände, wenn man sich den Kopf an der Wand zerschlägt für dich, schuftet und in die Erde kriecht, und gönnt sich kein Stück Brot, und vertrauert sein Leben – wem zuliebe? Ihm zuliebe. Alles seinetwegen, vielleicht weißt du, für welche Wohltaten? Er wird wahrscheinlich einen goldenen Grabstein auf meinen Kopf stellen – daß mir Ach und Weh ist.«

»Was hab ich dir getan, und wer plagt dich?«

»Was sollst du mir tun? Hast mir genug getan! Hast mir meine Welt verwüstet, hast dir ein junges Kind, ein Mädelchen genommen und hast mich mit deiner

Zunge überredet, mir goldne Berge versprochen und mich von Kopf bis Fuß belogen. Was wäre schlimm gewesen, wenn ich dich nicht kennengelernt hätte? Ich hätte mir einen meinesgleichen gesucht und wäre nicht Stempenjus Weib geworden ... Da hat mich ja ein Glück getroffen!«

»Nun, vielleicht bereust du die Heirat, Frejdel? Es gibt da einen Rabbi in Masepewka, und einen Fluß, und man kann die Scheidung schreiben ...«

»A – a – a? Das also ist deine Absicht? Endlich einmal hast du dich deutlich ausgequetscht! Du meinst, ich weiß nicht, daß du darauf aus bist? Du willst von mir loskommen! Ich weiß, Stempenju, ich weiß, mich wirst du nicht täuschen! In deinen Augen bin ich hochnäsig; aber wie komm ich dazu, Stempenju? Ich frag dich meinerseits: Womit hab ich das verdient? Laß mich das wissen.«

»Bah«, antwortet ihr Stempenju, macht mit der Hand eine unbestimmte Geste, geht fort in sein Zimmer und nimmt die Fiedel von der Wand.

Die Fiedel, das ist sein Trost, sein einziger Trost auf der Welt. Mit der Fiedel kann er seine Leiden vergessen, und er kann sich erinnern: an seine Jugend, an seine Freiheit, die er verloren hat auf ewig, auf ewig! Viele unterschiedliche Gestalten erstehen ihm aus dem Gesang seiner Fiedel; viele schöne, leuchtende, fröhliche Bilder von einst stellen sich ihm vor Augen, wenn er zu spielen anfängt. Sie zeigen sich – und verschwinden wieder.

Unter all den Bildern von einst rührt ihn eines mehr als alle andern: ein Bild, das er gar nicht vergessen kann – das schöne Bild von Rochel mit ihrem leuchtenden Gesicht, mit ihren blauen Augen und langen Wimpern, mit ihrem weißen Hals, ihrem süßen guten Lächeln, für das er bereit ist, alles andere hinzugeben.

Stempenju spielt und spielt; er spielt lange, damit der

Schatten Rochels nicht verschwinde, wie er es jedesmal getan hat. Er will wenigstens ihren Schatten sehen; sogar der Gedanke an Rochel ist ihm teuer, sehr teuer …

In jener Zeit hat Stempenju gespielt wie noch nie zuvor; in jener Zeit, so kann man sagen, hat er in seinem Spiel den höchsten Grad erreicht.

Wer ihn nicht in jener Zeit spielen hörte, der hat noch nichts Gutes gehört.

So sind wir erfreut, wenn das Vögelchen in seinem Käfig singt: es träumt sich Blätter und Blüten, freie Luft, eine offene, freie Welt, eine große weite Welt, und es bekommt Lust zu singen, das bittere Herz auszugießen – und es singt, es schluchzt, es verströmt sich, und wir freuen uns sehr, gewinnen daraus Vergnügen, haben eine wahre Lust dabei.

»Sie macht mir herzlich Sehnsucht«, sagt Stempenju zum hundertsten Mal vor seiner Musikantentruppe, »ich sehne mich wahrhaftig nach ihr wie nach einem sehr nahen Menschen. Ich würde ihr hinterherfahren bis Jehupez, wenn nicht …«

Und Stempenju guckt sich nach allen Seiten um und sieht Frejdel, wie sie steht und klagt, über eine Kundin von Korallen oder von Seidentüchern und Wolle.

Unsere Frejdel hat in ihrer Stube allmählich einen ganzen Kramladen eingerichtet und ist eine richtige Händlerin geworden wie alle Masepewker Krämerinnen. Oft ist ihre Mutter bei ihr zu Gast, die vierschrötige Zipojre, sie sagt, Jeschajke sehnt sich sehr nach seiner Tochter und schickt sie nachschauen, was Frejdel macht. Aber Frejdel weiß, es ist eine Lüge; sie weiß recht gut: braucht die Mutter daheim ein Stück Brot, dann kommt sie her, um ›abzufasten‹, und macht ein ganzes Kindbett draus.

»Weißt du was, Tochter, back solche Butterbrötchen, wie ich sie früher gemacht habe, geflochten und schön trocken, mit Zichorienkaffee sind sie sehr gesund, und, wers verträgt, mit einem Stückchen Butter, das ist sehr gut. Und zum Frühstück heiß gebratene Gänsefettgrieben mit einem Zwiebelchen. Der Vater, wenn du dich erinnerst, hat das immer gern gehabt. Gesundheit, Tochter, soll man in der Schüssel suchen ...«

Und Zipojre leckt sich die Lippen und denkt sich für jeden Tag ein neues Frühstück aus und eine neue Mittagsmahlzeit und ein Abendessen ... Und man kann nicht sagen, Frejdel sei darüber sehr erfreut gewesen. In der ersten Woche erträgt sie es; aber in der zweiten Woche fängt sie an, mit der Mutter zu streiten, und die Mutter mit ihr. Bis man völlig verzankt ist und den ganzen Zorn an Stempenju ausläßt, der sich einmischen und Frieden machen will zwischen seinem Weib und der Schwiegermutter.

»Das ist nicht deine Sache«, sagt Frejdel zu ihm, »hab nur keine Sorge, ich werde schon deine Erbschaft nicht an meine Mutter verschleudern, sei ruhig, Stempenju!«

»Ein schöner Schwiegersohn!« sagt ihre Mutter, neben Frejdel stehend, in spitzem Ton. »Ein Ochse hat eine lange Zunge und kann kein Widderhorn blasen. Bei anständigen Leuten ehrt man die Schwiegermutter wie eine eigene Mutter. Er sieht, denke ich, ganz gut, was für eine Ehre ich von meinem Töchterchen habe, wie sagt man: Schneuz die Nase und beschmier das Gesicht! Er sollte ihr die Zunge umdrehen. Die Hauptsache, ein Mann; Stein und Bein geklagt! Wenn er nur auf der Fiedel kratzt! Ich versteh nicht, wieso er das nicht satt kriegt, Väterchen! Warum meine Tochter davon hochnäsig wird, weiß ich nicht – wenn es das Glück will, kalbt auch ein Ochse. Man hat schon solche tüchtigen Kerle wie dich gesehen! Dein Schwiegervater war mal so ein schöner Fiedler wie du, aber nichts, wie sagt man: Neue Besen kehren gut; zu allen

Dingen muß man Glück haben, und wenn Gott will, so schießt auch ein Besen. Wütend, Stempenju, darfst du auf mich nicht sein. Ich sag dir die reine Wahrheit. Und wenn auch jeder Hund ein Hausherr auf seiner Schwelle ist, ich bin dir keine Fremde, sondern immer noch deine Schwiegermutter. Und wenn man mit der Katze spielt, muß man ihr Kratzen in Kauf nehmen ...«

Und Zipojre, nach ihrer Art, schüttet Wörter wie aus einem Sack, wenn sie einmal ins Reden kommt. Aber Stempenju hört nicht bis zum Ende zu. Er nimmt seine Fiedel, wie immer, wie jedesmal, wenn ihm das Herz recht versalzen ist – und dann vergißt er das Weib und die Schwiegermutter mitsamt allen Plagen. Und die blauäugige Rochel taucht vor seinen Augen auf ...

»Sie macht mir herzlich Sehnsucht«, denkt Stempenju und grübelt über alle Mittel und Wege nach, wie man zu ihr kommen, wie und wo man sie noch einmal sehen könnte ...

Leere Gedanken; er weiß nicht, daß er sein Lied schon bald bald ausgesungen hat, daß er seine Zeit schon bald zuende durchlitten hat, er sieht nicht, wie seine schönen schwarzen Locken immer schütterer werden, wie seine feurigen Augen allmählich den Glanz verlieren, wie sich auf seine weiße Stirn Falten legen ...

Närrischer Held, vergiß nicht, deine Delila steht dir zur Seite, dein Weib Frejdel. Diese Delila hat dich eingewiegt, deinen Kopf auf ihren Schoß gebettet und heimlich deine langen Haare abgeschoren. Sie hat dir die Kraft genommen, all deine Kraft, so wie jene Delila es ihrem starken Simson getan hat. Jetzt ist dir auf der Welt nur ein einziger Trost geblieben: die Fiedel.

Spiel, Stempenju, spiel auf der Fiedel. Und wir hören ...

NACHWORT

»Die grafische Folge:
Erzählung und Gegenerzählung«
Juri Lotman

Nicht nur die grafischen Zyklen sind von widerstreitenden Sichten bestimmt. Auch die Werke der Schriftsteller, denen sie verbunden sind. Auch die Biografien der Künstler.

Scholem Alejchem, der volksnahe Klassiker der jiddischen Literatur, hat mit seinen poetischen Erzählungen immer wieder zu Illustrationen herausgefordert. Aber nie waren die Bildfindungen so geistesverwandt und ebenbürtig geraten wie bei Anatoli Kaplan.

Die Nähe beider Künstler mag verständlich erscheinen. Beide stammten aus dem sogenannten Jüdischen Ansiedlungsrayon des Zarenreiches, beide waren von den Eindrücken ihrer Jugend geprägt worden. Auch zeigt sich deutliche Verwandtschaft der Charaktere, der Temperamente, der künstlerischen Intentionen.

Aber der Einklang beider Künstler wird nahezu unbegreiflich, wenn man die Jahrzehnte bedenkt, die beider Werke voneinander trennen – mit all den Umbrüchen, Wandlungen und Katastrophen, von denen die jüdischen Siedlungsgebiete des Ostens betroffen waren.

Nähe ist hier über gewaltige Distanzen hin bewahrt, ist über Abgründe hin erreicht worden.

Scholem Alejchem, der eigentlich Scholem Rabinowitsch hieß, wurde 1859 in Perejaslaw (Ukraine) geboren. Seine Kindheit verlebte er im nahe gelegenen Woronkow, das er später zum Kasrilewka seiner Bücher, zum Modell des armen jüdischen »Städtls« stilisieren wird.

Selbst als er viele Großstädte Europas und der USA kennengelernt hat, wird er schreiben, keine Stadt der Welt habe sich ihm so eingeprägt, keine habe ihm so zu gefallen vermocht.

Sein Vater gehörte zu den »Reichen« des Städtls, war Gutspächter, handelte mit Getreide, Vieh und Holz, besaß einen Kurzwarenladen. Durch seinen Teilhaber wurde er um allen Besitz gebracht und versuchte fortan, seine große Familie durch Betreiben einer kleinen Herberge zu ernähren. Viele der Gestalten, die das Werk des Scholem Alejchem bevölkern, sind dem künftigen Autor erstmals in der Herberge seines Vaters begegnet.

1872 starb Scholems Mutter an der Cholera. Nach jüdischem Brauch, auch wegen der zwölf Kinder, hat der Vater bald wieder geheiratet. Die neue Frau respektierte den Stiefsohn um seiner Begabung willen, und der wiederum hat die »reiche, farbige Sprache« ihrer Scheltreden später als wichtige Quelle für sein literarisches Jiddisch bewertet.

Der Vater sei eine Mischung aus Chassid und Maskil gewesen, Anhänger der jüdischen Mystik also und zugleich der jüdischen Aufklärung – die sich ansonsten heftig befehdeten. Auch der Sohn wird versuchen, Vorzüge beider Bewegungen zu vereinen: bei den Chassidim fand man Liebe zum Volk, zu seiner jiddischen Sprache, zur folkloristischen Überlieferung; bei den Maskilim den kritischen Geist, die Kenntnis europäischer Kulturtradition, den Willen, zur Aufklärung und zur Emanzipation des Volkes beizutragen. Der Vater kannte sich in Tora und Talmud aus. Er las moderne weltliche Literatur hebräisch schreibender Autoren. Und er förderte die literarische Begabung seines Sohnes, der früh entschlossen war, Schriftsteller zu werden.

Nach der traditionellen jüdisch-religiösen Ausbildung besuchte Scholem das russische Gymnasium in Perejaslaw. Als einer der besten Schüler bekam er ein Stipendium zugesprochen. Für ein weiterführendes Studium aber fehlte das Geld. So versuchte er sich in unterschiedlichen Berufen, auch als Privatlehrer.

Und nun folgte einer jener Umschwünge des Geschicks, an denen die Biografie des Scholem Alejchem so reich war.

Ein sehr vermögender jüdischer Gutspächter, übrigens eine originäre Persönlichkeit von beachtlicher Bildung, engagierte ihn als Hauslehrer für seine Tochter. Die folgenden drei Jahre zählten für Scholem Rabinowitsch zu den glücklichsten seines Lebens. Mit seiner Schülerin las er alte und neue hebräische Literatur, russische Autoren und die Klassiker des Westens. Und er schrieb »große, herzzerreißende Romane, stürmische Dramen, verwickelte Tragödien und Komödien«, die er anschließend alle ins Feuer warf. Natürlich verliebten sich die beiden. Und der Gutspächter entließ seinen Angestellten – es störte ihn nicht die Armut des möglichen Bräutigams, sondern daß dies ohne sein Wissen geschehen konnte.

Für drei Jahre wurde Scholem ein von der Bevölkerung gewählter, aber staatlich bezahlter Rabbiner – ein Amt, das für seinen Träger viele Konflikte in sich barg.

1883 heiratete ihn die geliebte Schülerin doch noch. Als zwei Jahre später der Schwiegervater verstarb, erbte das Paar eine Viertelmillion Rubel. In Kiew, dem Jehupez seiner Bücher, begann Scholem Rabinowitsch an der Börse zu spekulieren, um das gewaltige Vermögen noch zu mehren.

Nun konnte er sich verstärkt der Literatur widmen. Seit 1883 hatte er unter dem Pseudonym Scholem Alejchem (hebräisch »Friede sei mit Euch«, der Alltagsgruß der russischen Juden) literarische Texte in jiddischer Sprache veröffentlicht, im »Jargon«, wie die

Aufklärer verächtlich zu sagen pflegten, und nicht in Hebräisch, der Sprache des religiösen Kults, der Gelehrsamkeit und der gehobenen Literatur. Nun wurde er auch zum Literaturmäzen und gab das Jahrbuch »di jidische folksbibliotek« heraus, das, von ihm redigiert und finanziert, Arbeiten vieler Autoren versammelte; zu ihnen gehörten Mendele Mojcher Sforim, der Begründer einer anspruchsvollen jiddischen Literatur, und Jizchok Lejb Perez, der hier erstmalig einen jiddischsprachigen Text veröffentlichte. Als Beilagen des Jahrbuchs edierte Scholem Alejchem seine Romane »Stempenju« (1888) und »Jossel die Nachtigall« (1889), mit denen der Autor versuchte, Exempel einer spezifisch jüdischen, bei aller Außenseiter-Romantik realitätsnahen Erzählkunst zu schaffen.
1890, nach einem Börsensturz, war der eben noch reiche Autor verschuldet und mußte vor seinen Gläubigern nach Westeuropa fliehen. In den Folgejahren, in Odessa und Kiew lebend, gelang es ihm, der Not und den Widrigkeiten große literarische Leistungen abzutrotzen. Nun, nach harten Enttäuschungen, verfügte er über reichen Stoff für Romane und Erzählzyklen aus dem jüdischen Alltag. Und er fand zur spezifischen Art seines Humors, mit der er vermochte, den Leser zugleich lachen und weinen zu machen; sie erlaubte ihm, noch die bittersten Erfahrungen mit souveräner Distanz vorzutragen.
Scholem Alejchem arbeitete an mehreren Erzähl-Zyklen: Geschichten aus Kasrilewka, Eisenbahngeschichten, Geschichten für Kinder ... Zwei Prosafolgen, die er in Fortsetzungen veröffentlichte, wuchsen allmählich zu Romanen an: »Menachem Mendel« (ab 1892) und »Tewje der Milchmann« (ab 1894). In der Gestalt des Menachem Mendel, der mit unermüdlichem Eifer und immer neuer Hoffnung phantastisch-grotesken Geschäften nachjagt und sich durch alle Katastrophen

nicht entmutigen läßt, hat der Autor seine eigenen Börsen- und Berufserfahrungen zu einem Paradigma ostjüdischer »Luftmenschen«-Existenz poetisiert. In Tewje, der Gestalt eines naiv-weisen, frommen Philosophen, gelang Scholem Alejchem eine Figur von weltliterarischem Rang. In sieben großen Monologen berichtet er die Leiden eines neuen Hiob, der seine sieben Töchter, seine Frau, allen Besitz und schließlich die Heimat verliert, und der, im Gegensatz zum biblischen Hiob, doch nie seine fromme Zuversicht einbüßt: »Die Hauptsache ist Gottvertrauen: der Jude muß hoffen und immer hoffen! Und wenn er dabei zugrunde geht? Nun, dazu sind wir ja eben Juden auf der Welt ...« – In der Tewje-Figur porträtierte der Autor ein reales Urbild, einen Milch- und Käsehändler, dem die Familie in der Sommerfrische begegnet war; und er porträtierte zugleich, wie in Menachem Mendel auch, Züge seiner eigenen Persönlichkeit – es ist bezeugt, er habe sich zuweilen Menachem Mendel, zuweilen Tewje genannt.

Etwa seit der Jahrhundertwende war Scholem Alejchem als Autor etabliert genug, um die Familie (sechs Kinder) durch seine literarische Arbeit ernähren zu können. Er schrieb für auflagenstarke jiddische Zeitschriften in St. Petersburg und Warschau, und mit seinen Büchern erreichte er eine breitgefächerte Leserschaft.

Die gesellschaftlichen Entwicklungen in jener Phase, die der Revolution von 1905 vorausging, weckten reiche Hoffnungen auf demokratische Neuerungen und Emanzipation. Selbst der blutige Pogrom von Kischinjow (1903), eine sehr bittere Erfahrung, vermochte die Zuversicht des Schriftstellers nicht zu lähmen. Scholem Alejchem half, Gegenkräfte zu mobilisieren, er gewann Lew Tolstoi, Tschechow, Korolenko, Gorki dafür, sich an einem Sammelband für die Opfer des Kischinjower Pogroms zu beteiligen.

1905 erlebte er den Kiewer Pogrom aus nächster Nähe. Zwar konnten er und die Seinen sich unversehrt retten. Aber der tiefe Schock zwang ihn zu dem Entschluß, künftig außer Landes zu leben.
Ende 1906 reiste Scholem Alejchem über London nach New York, um eine Übersiedlung vorzubereiten. Er hoffte auf Einkünfte aus seinen Theaterstücken (auch eine Dramatisierung seines Stempenju-Romans bot er an); doch er blieb erfolglos. 1907 kehrte er nach Europa zurück. 1908 versuchte er in Berlin, Max Reinhardt für seine Stücke zu interessieren. Es mißlang. Aber als der Autor, gleichsam im Ein-Mann-Theater, seine Prosa durch Lesungen an das Publikum brachte, fand er großen Anklang. Seine Vorträge führten ihn durch viele europäische Länder, auch durch Rußland.
Da erlitt er in Belorußland einen Blutsturz. Fortan versuchte er, durch Kuraufenthalte in der Schweiz, in Italien, Frankreich, Deutschland seine Gesundheit wiederzugewinnen.
1908 und 1909, als man in der jüdischen Welt das fünfundzwanzigjährige Wirken des Autors in der jiddischen Literatur und seinen fünfzigsten Geburtstag feierte, bemühten sich Freunde, ihm mit Hilfe von Kollekten die Rechte an Büchern zurückzukaufen, die er oft zu sehr ungünstigen Bedingungen hatte vergeben müssen. Es gelang. So folgten einige relativ gesicherte Jahre.
Scholem Alejchem arbeitete an dem Roman »Motl, der Sohn des Kantors«, einer Fortführung seiner Kindergeschichten; an einem Roman über jüdische Wanderschauspieler (»Irrende Sterne«); an der romanhaften Autobiografie »Vom Jahrmarkt« (nur den Theaterroman wird er vollenden können).
Der Ausbruch des Weltkrieges überraschte ihn in Deutschland. Nach kurzer Internierung konnte er über Dänemark in die USA entkommen. Dort wurde er von

Anhängern seiner Bücher begeistert empfangen. Aber der Existenzkampf war hart. Von europäischen Verdienstquellen abgeschnitten, mußte Scholem Alejchem sehr angespannt arbeiten, ohne auf seine geschädigte Gesundheit Rücksicht zu nehmen. Er alterte früh. Lungen, Magen, Nieren, Herz waren angegriffen. Bis wenige Tage vor seinem Tode schrieb er. Er starb im Mai 1916, anderthalb Jahre vor Mendele Mojcher Sforim, der noch die russischen Revolutionen von 1917 erlebte und Rußland als »gutes, frommes, freies Land und Befreierin der ganzen Welt« bejubelte.
Scholem Alejchem verfügte in seinem Testament, er wolle inmitten einfacher Arbeiter begraben werden. An den Jahrestagen seines Todes sollten Verwandte und Freunde aus seinen fröhlichen Geschichten vorlesen. Und: aus Erträgen seiner Werke sei eine Stiftung zu finanzieren, die der Förderung jiddisch- oder hebräischsprachiger Literatur dienen sollte.
Sein wichtigstes Vermächtnis: sein Werk, das eine Fülle von Widersprüchen zu bündeln und durch eine eigentümliche Form des Humors zu harmonisieren versuchte. Das angetreten war, Selbstverständnis und Lebenskraft seiner jüdischen Leser zu bestärken und die imaginäre Gettomauer aus Zwängen und Vorurteilen, die sein Volk von anderen Völkern trennte, abtragen zu helfen. Bei Lebzeiten des Autors wurde seine Arbeit oft herablassend als Volksschriftstellerei, als eine gefällige Art der Unterhaltungskunst bewertet. Erst nach seinem Tode hat sich sein literarischer Rang, die Modernität seiner Sprache und Erzählkunst herumgesprochen.
Schon die Wahl seines Pseudonyms signalisierte ein Programm. Scholem Alejchem nahm Gestalten und Themen des ostjüdischen Alltags, um sie in anspruchsvolle und realitätsnahe Literatur zu verwandeln. Und die Urbilder seiner Helden wählte er zu Adressaten seiner Werke.

In diesen Büchern ist eine Fülle literarischer Traditionen und Einflüsse zur Synthese geführt: hebräisch-aramäische Überlieferung; Folklore der jüdischen Schalksnarren und Hochzeitspossenreißer; Legenden, Anekdoten, Sprichwörter, Witze, Volkslieder; Anregungen aus der europäischen und insbesondere russischen Erzählkunst – vom spanischen Schelmenroman und Cervantes bis zu Swift, Dickens, Thackeray, von der deutschen Romantik und Heine bis zu Gogol und Tschechow (um nur weniges herauszugreifen).
Aber der Sprachduktus des Scholem Alejchem und sein Erzählgestus vermögen alle diese Elemente zu einer eigentümlichen Einheit zu binden. Dem Autor gelingt es, mit Lesern unterschiedlicher Herkunft und Bildung sein Einvernehmen zu erzielen, sie in ein intimes Gespräch zu ziehen.
Sein frühes Erzählwerk »Stempenju« hat Scholem Alejchem (im Widmungstext für Mendele Mojcher Sforim, den »Großvater der jiddischen Literatur«) seinen ersten jüdischen Roman genannt. Chronologisch gesehen ist diese Angabe unrichtig. Aber sie zeigt, welches Gewicht er diesem Text zumaß. Er wollte versuchen, ein Romanmodell zu schaffen, das sich von Romanen anderer Nationalitäten grundsätzlich unterschied.
Diese Arbeit war von Artikeln und Essays flankiert, in denen es der Autor unternahm, die bisherige jiddische Literatur kritisch zu sichten. Er schrieb eine Aufsatzserie über Bücher, die das Thema jüdischer Armut und jüdischen Elends gestalten. Und in einem Pamphlet ging er mit dem erfolgreichen Vielschreiber Schomer (der eigentlich Schajkewitsch hieß) scharf ins Gericht: wegen der literarischen Minderwertigkeit seiner Produkte, und weil er kein reales, authentisches, glaubwürdiges Bild des jüdischen Lebens gezeichnet habe. (Zwei ironische Ausfälle im »Stempenju« über gewisse

»hochinteressante Romane« zeigen einen Abglanz dieser Polemik.) – Scholem Alejchem entwarf Gegenmodelle zum jiddischen Kitsch- und Kolportageroman, nicht ohne ihn teilweise zu parodieren oder auch sonst an seine Mittel anzuknüpfen – schließlich sollte ein Publikum erreicht (und erzogen) werden, das durch Romane wie die von Schomer zum Lesen angeregt worden war.

Der Stempenju-Text ist lyrisch, teilweise melodramatisch gehalten und nur leicht von Humor oder Ironie getönt. Spätere Arbeiten des Autors werden die Mittel der Komik intensiver nutzen. Aber bereits in diesem frühen Werk zeigt die Sprache jene charakteristische Verbindung von Alltagsnähe und literarischer Stilisierung, wie sie Mendele Mojcher Sforim in die jiddische Prosa eingeführt hatte – in späteren Monologen, auch in denen Tewjes, wird Scholem Alejchem diese Technik virtuos weiterentwickeln. Sie durchsetzt den Text mit Sprachformeln, die an passenden wie unpassenden Stellen beständig wiederkehren, mit Anspielungen auf Volkslieder und Sprichwörter, wie es im Volksmund üblich ist; und die Formeln und Verweisungen dienen teils, um eine poetische Atmosphäre, teils, um komische Wirkungen hervorzurufen.

(Alle Übersetzer aus dem Jiddischen beklagen – und beweisen durch ihre Übertragungen –: die Verdeutschungen geraten merklich blasser als ihre Vorlagen; als würde man aus einem Dialekt in die Schriftsprache übertragen. Und das Jiddische, als Nahsprache des Deutschen, ist in seiner Kraft und Farbigkeit durchaus den deutschen Dialekten vergleichbar; es verfügt obendrein, durch Übung in spitzfindiger Talmuddisputation, über die Fähigkeit, hochintellektuelle Nuancen auszudrücken. Der Übersetzer des vorliegenden Romans entschied sich für jene der beiden Grundmöglichkeiten, literarische Texte zu übertragen, die – nach einer Formulierung Wilhelm von Humboldts – die »Farbe der Fremdheit« zu bewahren sucht, statt um Einglättung bemüht zu sein.)

Der Stempenju-Roman verknüpft Liebes- und Künstlerthematik. Bei einem Frühwerk hätte es nahegelegen, daß der Autor anhand des vorgetragenen Musikantenschicksals vor allem eigene Probleme und Erfahrungen einbringt. Statt dessen geht es ihm um außersubjektive Realitäten: die besondere Welt der jüdischen Wandermusikanten; die Psychologie einer einfachen jüdischen Kleinbürgerfrau. Mag eine Gestalt wie Stempenju auch Eigenschaften vieler Künstler, darunter ihres Autors, in sich vereinigen, er ist keineswegs nur eine poetische Konstruktion. Scholem Alejchem hatte beim Schreiben ein reales Urbild vor Augen: »Awrom der Musikant war der Typus eines Künstlers und ein richtiger Maestro, den es zu beschreiben lohnt. Ein breitschultriger Mann, hochgewachsen, mit breitem, rundem Gesicht, kleinen Augen, dichten Brauen und schwarzem, langem, lockigem Haar. Die Hände breit, dick und behaart, so daß die Geige in seinen Händen nicht wie eine Geige aussah, sondern wie ein kleines Fiedelchen, wie ein Spielzeug. Er kannte keine Noten und verfaßte doch eigene Kompositionen. Er konnte so spielen, daß man bei seiner Musik fast dahinschmolz. Er war so etwas wie der Stempenju und vielleicht noch einen ganzen Kopf größer als dieser … Eine poetische Natur und ein großer Verehrer von Frauen und Mädchen …« (»Vom Jahrmarkt«).

Scholem Alejchem zeigt kein romantisch verklärtes Künstlerbild, sondern den realen Stempenju in seinen Widersprüchen, mit seinen Großartigkeiten und Banalitäten. Rochel bewundert ihn wegen seiner Kunst, deren zauberische Anziehungskräfte sie schaudernd verspürt; fürchtet ihn wegen seiner unverschämten

Kühnheit; verachtet ihn wegen seiner Außenseiterrolle; haßt ihn wegen seiner inneren Freiheit, der sie nicht gewachsen ist. Sein Geigenspiel, das die Zuhörer entrückt und fasziniert, hat für sie etwas von chassidisch-religiöser Weihe und zugleich von verruchter Dämonie. Sie flieht zurück in das kleine Glück und die großen Frustrationen ihrer Ehe. Aber die rebellischen Impulse der Kunst und der Liebe geben ihr Kraft, sich zu einiger Selbständigkeit zu emanzipieren. Sie wird zu einer kleinen Geschäftsfrau wie ihre herrisch-betuliche Schwiegermutter, und doch anders; sehr anders auch als die geldgierige Frejdel.
Liebe kommt in allen Romanen von Scholem Alejchem vor. »Roman« gilt ihm geradezu als Synonym für eine Liebesaffäre (so ist im IX. Kapitel von Chaje-Etels »Roman« die Rede). Liebe hatte selbstverständlich auch im Zentrum der »hochinteressanten Romane« Schomers gestanden. Aber die Verhaltenheit, die ihr im »Stempenju« eigen ist, macht sie wahrhaftiger und dadurch ungleich brisanter als die Sensationen der Kolportagebücher. Auf Leser, die gewohnt waren, Ehen mit Hilfe von Heiratsvermittlern wie ein Geschäft auszuhandeln, ohne daß zuvor ein Kennenlernen der Partner oder gar Zuneigung vonnöten waren, mußte das Thema romantischer Liebe herausfordernd wirken, auch und gerade, wenn der Konflikt nur auf die beiden Hauptfiguren begrenzt bleibt. Nur sie allein wissen von ihrer heimlichen Liebe, und es folgt daraus kein Familiendrama, nicht einmal Streit mit dem Ehepartner, erst recht kein öffentlicher Skandal. Die möglichen Konsequenzen sind nur angedeutet. Aber jede ehrbare jüdische Frau, sofern sie nur jung und schön genug war, konnte sich hier porträtiert fühlen. Zu extremen Vorgängen zwischen einem Grafen und einem Dienstmädchen konnte das Publikum leicht Distanz halten. Auch die Liebschaften des ledigen Musikanten Stem-

penju mit unverehelichten Musikantentöchtern mochten tolerabel sein. Aber wenn sich eine verheiratete Frau aus angesehener Familie, das Muster einer jüdischen Gattin, nächtens mit einem verheirateten Mann traf, und gar einem wegen seiner Affären verrufenen Fiedler? Eine Frau, die obendrein schwanger ist, wie man später erfährt. Und die vom Autor mit Wohlwollen und höchst einfühlsam geschildert wird …

Der Brief aus Odessa, mit dem die Geschichte Rochels ausklingt, erweist, daß alle Ausbruchsproblematik inzwischen verdrängt wurde. Es mutet wie ein Happy-End an; aber man ahnt, was durch solcherart Sieg verlorenging, wie teuer die kleine Idylle erkauft ist. Rochel versiegt in Mittelmäßigkeit, fern von den Aufschwüngen und Hoffnungen, die Stempenju in ihr geweckt hatte.

Dem scheinbar sanften, gütlichen Ausgang assoziieren sich Tragik und Scheitern. Unter der Oberfläche der Erzählung regen sich andere, gegenläufige Erzählungen. Die wichtigste all dieser Geschichten: daß die Liebesgeschichte nicht statthat.

Im Vor-Text hieß es bei Scholem Alejchem, Mendele Mojcher Sforim habe als einziger vermocht, Geschichten so zu erzählen, daß eine »Geschichte über der Geschichte, eine Geschichte in der Geschichte und die Geschichte selber« sichtbar werden, daß »im Offenbarten ein Verborgenes und Eigentliches enthalten ist«. Aber der »Enkel« solchen »Großvaters« hat sich nicht minder auf diese Kunst verstanden.

Stempenju erlebt den Umsturz seiner Erfahrungen, die Verkehrung der Rollenhierarchien: der ehemals so sieghafte Don Juan wird gleich von zwei (obendrein höchst gegensätzlichen) Frauen in die Rolle des Opfers gedrängt. Und es klingt nicht triumphal, sondern eher wie freundlicher Trost, wenn berichtet wird, Schmerz

und Trauer hätten, außer Zerstörungen seiner Person, auch die Subtilisierung seiner Kunst bewirkt.
Dennoch vermittelt der Roman eine Hoffnungsbotschaft: die Vermutung, Liebe und Kunst seien Fermente, die eine stagnierende, orthodox erstarrte Welt verändern können. Daß in der Historie alle die freundlichen Geschichten des Friedens- und Harmoniesuchers Scholem Alejchem tragische Fortsetzungen fanden, daß die Welt, die er bessern wollte, vernichtet wurde, hat die Hoffnungen gegenstandslos gemacht; widerlegt hat es sie nicht.

Anatoli Lwowitsch Kaplan, mit jüdischem Namen *Tanchum ben Lewi-Jizchok Kaplan*, wurde 1902 in Rogatschow geboren, in der Gegend von Gomel, das im Folgejahr von blutigen Pogromen heimgesucht wurde.
Kaplans Vater war Schächter, zunächst als Besitzer eines kleinen Ladens, dann als Arbeiter im Schlachthof. Aus der warmherzigen Familienatmosphäre wird die spätere Harmoniefähigkeit Kaplans, aber auch seine sehnsuchtsvolle Hinwendung zur Bilderwelt der Kindheit verständlich.
Wie Scholem Alejchem absolvierte Kaplan nach der jüdisch-religiösen Elementarausbildung eine staatliche russische Schule. Die Revolution öffnete imaginäre Gettotore. Der jugendliche Kaplan, der schon früh bildnerische Begabung gezeigt hatte, wurde (nach wenig Unterrichtung) in seiner Heimatstadt als Zeichenlehrer eingesetzt. Und die neue Zeit ermöglichte ihm, was einem Scholem Alejchem versagt geblieben war: ein Studium aufzunehmen. Man delegierte den Zwanzigjährigen an die Kunstakademie in Petrograd, wo er fünf Jahre lang Malerei studierte, vor allem bei dem Landschaftsmaler Arkadi Rylow. In jenen Jahren der Umbrüche – in der Gesellschaft und in den Künsten – kam Kaplan mit neuen widerstreitenden Kunstrich-

tungen in Berührung. Aber er scheint gegen viele dieser Einflüsse immun gewesen zu sein; auch nach dem Studium behielt er eine fast naiv zu nennende Sicht und Zeichenmanier bei.

Es folgten Jahre des Suchens und Sich-Erprobens.

In einem Alter, da Scholem Alejchem längst sein Programm, seine künstlerischen Mittel, seine Adressaten gefunden hatte, wußte Kaplan noch lange nicht, wohin es ihn führen würde. Er, der von der Welt des jüdischen Städtls geprägt war, blieb in Leningrad wohnen und ernährte sich und seine Familie von gebrauchsgrafischen Arbeiten. Ihn erwarteten keine Reisen quer durch Europa, wie sie zum Entwicklungsgang eines Scholem Alejchem gehört hatten. Aber er fuhr häufig nach Rogatschow und brachte Zeichnungen mit: Häuser, Straßen, Landschaften, Interieurs, und immer wieder Porträts.

Kaplan übernahm Aufträge staatlicher Instanzen; aber ihr eigentlicher Ertrag war, was ihm dabei an Gestaltungsfähigkeit zuwuchs. 1937 bat ihn das Leningrader Ethnografische Museum, für die jüdische Abteilung eine Folge von Lithografien zu erarbeiten. Und in der Experimentierwerkstatt des Leningrader Künstlerverbandes, wo er die Kunst des Steindrucks für sich entdeckte, begann er große grafische Zyklen zu entwickeln; in ihnen fand er sein eigentliches Thema und seine eigentümliche künstlerische Sprache.

Den Lithografienzyklus aus den Jahren 1937–41, der die kleine Welt Rogatschows zum Gegenstand nahm, hat er später »Kasrilowka« betitelt, nach dem imaginären Städtl aus Scholem Alejchems Büchern. Das war eine Huldigung für den Schriftsteller, mit dessen Werken Kaplan von Kindheit auf verbunden war. Und zugleich kündigt sich an, was bei all seinen Illustrationszyklen immer wieder zu beobachten sein wird: das Verschmelzen poetischer Imaginationen der

Vorlage mit den Erinnerungen des nachgestaltenden Künstlers.
Während des Krieges wurde Kaplan mit seiner Familie aus Leningrad evakuiert und mußte die Arbeit in der Grafikwerkstatt für Jahre unterbrechen. Als er 1944 in die zerstörte Stadt zurückkehrte, begann er mit äußerster Energie, einen umfangreichen Lithografienzyklus zu schaffen – nach dem Hommage auf seine jüdische Heimatstadt nun der russischen Großstadt gewidmet, die seine zweite Heimat wurde.
Als das inzwischen vom Krieg überrollte Rogatschow für ihn wieder erreichbar geworden war, traf ihn die tragische Erfahrung, die sich für immer sperren würde, in seinem künstlerischen Werk Gestalt anzunehmen: den deutschen Mordkommandos waren Kaplans Eltern und ein Bruder zum Opfer gefallen; die jüdische Welt seiner Kindheit war zermalmt worden.
Als der Künstler viele Jahre später, im Jahre 1952, an die gewaltige Arbeit ging, dieser Vergangenheit ein Denkmal zu setzen und nach Texten von Scholem Alejchem Zerstörtes und Versunkenes in poetischen Bildfolgen neu erstehen zu lassen – in eben jenem Jahr, in dem viele jüdische Künstler des Landes durch den Stalinschen Terror zu Tode kamen –, waren es erstaunlich heitere, lebensvolle, leuchtkräftige Bilder von großer Innigkeit, mit denen er sich der schmerzlichen Problematik stellte. Warmherzigkeit, Humor, Weisheit und Gelassenheit bestimmen die Atmosphäre dieser Bilder.
In rund zehn Jahren schuf Kaplan zu Scholem Alejchems kleiner Erzählung »Der behexte Schneider« sechzig großformatige Steindrucke. Ab 1957 versuchte er in immer neuen Anläufen, dem Hauptwerk Scholem Alejchems, seinem Tewje-Roman, ebenbürtige grafische Ausdeutungen an die Seite zu stellen; die entstandenen 149 Blätter können als ein Hauptwerk des

Kaplanschen Œuvres gelten. Und parallel dazu wuchsen Bildzyklen nach jiddischer Folklore, nach dem Roman »Fischke der Lahme« von Mendele Mojcher Sforim, nach Erzählungen von Jizchok Lejb Perez ...
Die Jahre 1963–67 erbrachten mehr als hundert Lithografien zum »Stempenju«. Beim »Tewje« mochte das literarische Gewicht der Vorlage den Künstler zu höchster Anspannung der Kräfte herausgefordert haben. Der »Stempenju«, das anspruchslosere Frühwerk des Schriftstellers, gab mit der Skizzenhaftigkeit und Leichtigkeit des Textes die Freiheit souveräneren Umgangs.
Kaplans Zyklus handelt, wie der Roman auch, von jüdischem Musikantentum und von der Liebe; vor allem aber sucht er, in immer neuen Variationen, jüdische Hochzeiten ins Bild zu fassen, Grundsituationen menschlichen Miteinanders und zugleich Metaphern für Hoch-Zeiten jüdischen Lebens. Topografien des Städtls entwerfen den Schauplatz des Geschehens. Die Hauptfiguren werden porträtiert, meist in spannungsvollem Bezug zu anderen Menschen. Und nun können sich wie in der Commedia dell'arte zwischen den Akteuren (den Liebenden, Eheleuten, Verwandten) vielerlei Geschichten ereignen, heitere und traurige, komische und tragische, die durch einen allgegenwärtigen, liebevollen Humor und durch poetische Stilisierung ins Freundliche getönt werden. Bildtitel wie »Das Städtchen«, »Hochzeitsmahl«, »Trauung«, »Liebesleid«, »Bräutigam und Braut«, »Musikant« betonen die Tendenz der Blätter, sich von den konkreten Situationen des Romans zu lösen, die Vorfälle aus dem Reich des Anekdotischen ins Metaphorische zu heben.
Dem Künstler erscheint es unwesentlich, die Hauptgestalten zu fixieren, auf daß sie fortan wie Marionetten in allen Szenen mit sich selber identisch erscheinen. Er zieht es vor, seine Figuren mehrfach und verschiedenartig zu entwerfen, um der Mehrfalt, die in den litera-

rischen Helden angelegt war, besser zu entsprechen. Und er nimmt sich die Freiheit, jene Geschichten anzudeuten, die über, unter, hinter, neben der Hauptgeschichte ablaufen oder ihr entgegenstehen.

Die Liebesgeschichte zwischen Rochel und Stempenju erhält bei Kaplan deutlich andere Akzente, auch wenn manches in der Schwebe bleibt. Hier, so könnte man lesen, musiziert Stempenju auf Rochels Hochzeit. Stempenju wirbt um die Braut, wie er vorher um andere Bräute geworben hat. Jedes Geigenspiel, das einer Braut huldigte, war zugleich eine Werbung. Aber nun, so spürt man, ist es immer nur Rochel gewesen, nach der er gesucht, um die er geworben hat. Ein mit »Trauung« unterschriebenes Blatt von traumhaft-visionärem Charakter bekräftigt: Stempenju wäre der wahre, der gemäßere Bräutigam gewesen. Bei Scholem Alejchem lernt Stempenju die schöne Rochel auf Riwkeles, nicht auf ihrer eigenen Hochzeit kennen. Die Version des Schriftstellers ist realitätsnäher und wahrscheinlicher. Kaplan erzählt die wahrere Geschichte, die in der anderen verborgen liegt.

Erzählungen und Gegenerzählungen also, innerhalb des Romans und der Lithografienfolge und im Verhältnis beider zueinander. Aber an der Polyphonie der Geschichten ist noch eine weitere, sehr ernste Stimme beteiligt. Daß die Vorgänge des Romans, in die Historie verlängert, ein tragisches Ende finden werden, verändert die Lesart, macht die idyllische Hochzeitswelt zum utopischen Gegenpol der Vernichtung. Auf den ersten Blick mag es scheinen, als habe Kaplan seine Bilder ganz in den Horizont der damaligen Erzählung eingespannt und die Tragik verdrängt. Aber hatte er nicht in seinem Fischke-Zyklus, der 1966–67, also gleichzeitig mit der Stempenju-Folge entstand, seine Gestalten wie aus verwitterten Grabsteinen hervortreten lassen? Einzelne Blätter zeigen an: er hatte auch hier erwogen, die Figuren aus rissiger Erde oder Gestein zu erwecken. Dann aber ließ er die Menschen wie in Dämmer, Nebel und Zwielicht agieren, wie hinter Schleiern, die aus Erinnerung und Trauer, aus Traum und Hoffnung gewoben sind.

Einst hatte sich Kaplan aus Gogols Roman »Die toten Seelen« den Satz notiert: »Von wunderbarer Macht ist mir vorbestimmt, noch lange Hand in Hand mit meinen seltsamen Helden zu wandeln und das ganze ungeheure, brausende Leben zu betrachten – zu betrachten durch aller Welt sichtbares Lachen und durch unsichtbare, von ihr nicht gekannte Tränen ...«

1989 Hubert Witt

INHALT